Richard Dübell

Last Secrets

Das Rätsel von Loch Ness

Für all die Menschen,
die mir den Weg zu den Wundern
und Rätseln der Welt
gezeigt haben.

Allen voran meiner Oma.
Sie hat mir meinen ersten
Büchereiausweis gekauft.

Ein paar kleine Erklärungen zu den Namen und ihrer Aussprache
(Ihr wollt ja auch, dass man eure Namen richtig ausspricht, oder?)

Eugène Vidocq	Öschänn Widock
Azincourt	Ahsangkuhr
Inverness	Inwerness
Drumnadrochit	Drammnadrochitt
Edinburgh	Ädnbarrah
Urquhart Castle	Örkart Kaassl
Bridgend Pub	Bridschnd Pab
Angus	Ejngas
Campbell	Kämmbl
Alan	Älän
Culduthel Hospital	Kalldithl Hospittl
Muirfield Hospital	Mjuhrfield Hospittl
Sergeant	Sardschnt
Dr. Wilson	Doktor Wilssen
Marmaduke Wetherell	Marmadjuuk Wätheräll

Alle schottischen Namen werden mit einem dick rollenden R gesprochen, also wie Inwerrrness, Drrrammnadrrrochitt usw.
Das englische TH wird wie ein lispelndes S ausgesprochen. Drückt beim Sprechen die Zungenspitze von unten an die oberen Schneidezähne und sagt: S!
Die Schotten reden die Kinder im Buch immer mit »Mädel« und »Bub« an. Dies ist der Versuch, die freundlich gemeinten schottischen Bezeichnungen von »lassie« und »lad« für »Mädchen« und »Junge« halbwegs ins Deutsche zu übersetzen.

Die Zeitmaschine

1

Das Ding stand im Finsteren. Es schimmerte trotzdem, als ob von irgendwoher Licht darauffallen würde. Vielleicht leuchtet es ja von sich aus, dachte Fynn. Manche Fische taten das, besonders die in der Tiefsee. Und Glühwürmchen. Und Quallen. Und irgendwelche Pilze, über die Fynns Eltern mal eine Fernsehdokumentation gemacht hatten. Dass auch merkwürdige Apparaturen, die im dunkelsten Teil einer Lagerhalle voller Antiquitäten herumstanden, von sich aus leuchten konnten, hatte Fynn noch niemals gehört, aber wenn sogar Pilze leuchten konnten, war alles möglich.

Fynn hätte Cornelius fragen können. Cornelius wusste in den meisten Fällen Bescheid. Doch der stand wie sie alle vor dem Apparat und gaffte ihn ratlos an.

»Was hab ich euch gesagt?«, flüsterte Lena triumphierend. »Ist das Ding ritz, oder was?«

»Unheimlich«, murmelte Cornelius.

Fynn wechselte einen Blick mit Franzi. Seine Zwillingsschwester schüttelte leicht den Kopf. Fynn war mit ihr einer Meinung. Der Apparat war merkwürdig, aber unheimlich war er nicht. Er war …

»Geheimnisvoll«, sagte Franzi leise.

Lena schob die Fliegerbrille mit den dicken Ledermanschetten aus ihrem Haar und über die Augen. Im Dunkeln und im seltsamen Glimmen der Apparatur sah Fynn die Brillengläser sanft schimmern. Hinter einem der Gläser zitterte eine Kompassnadel über einer Windrose. Lena beugte sich vor und musterte den Apparat. Wenn Lena etwas genauer betrachten wollte, setzte sie immer die Brille auf. Sie brauchte sie nicht, aber es sah eben cool aus.

»Voll ritz«, meinte sie. Fynn fiel auf, dass sie so weit Abstand hielt, dass sie das Ding nicht versehentlich berühren konnte.

»Nein, voll unheimlich«, widersprach Cornelius, der eher der ängstliche Typ war.

Die Apparatur bestand aus einem Ring aus golden glänzendem Metall und Holz und einer prächtig geschnitzten, mit tiefrotem Leder überzogenen Sitzbank. Der Ring war mit der Rückenlehne der Bank verbunden und ragte in einem steilen Winkel nach oben, sodass jemand, der sich darunterduckte und auf der Sitzbank Platz nahm, ganz von diesem Ring umfangen wurde. Die Luft innerhalb des Rings schien irgendwie zu wabern – wie die Luft über einer brennenden Kerze. Aber nirgendwo war eine Kerze zu sehen. Drei Erwachsene konnten sich nebeneinander auf die Sitzbank quetschen – oder vier Kinder. Fynn musterte die anderen. Sie waren zu viert. Sollten sie …?

Franzi sah schon wieder zu Fynn herüber. Er wusste es, ohne dass er dazu aufblicken musste. Er wusste oft, was Franzi gerade tat oder dachte. Umgekehrt war es nicht anders. Sie nickten sich erneut zu. Franzi trat vor und streckte die Hand aus.

»Ich würd das nicht anfassen«, sagte Cornelius.

Lena schob sich die Brille aus dem Gesicht. »Würd ich auch nicht, echt jetzt«, sagte sie, obwohl sie diejenige gewesen war, die das Gerät in der Lagerhalle entdeckt und es bewundernd als »ritz« bezeichnet hatte. »Ritz« hieß bei Lena »wunderbar, fantastisch, total interessant«. Sie fand, dass ihre Freundschaft zu Fynn, Franzi und Cornelius »monsterritz« war. Ein größeres Lob gab es in Lenas Vokabular nicht.

Fynn empfand das gleiche Bedürfnis wie seine Zwillingsschwester Franzi, das Gerät zu berühren. Aber Franzi stand näher dran. Sie legte die Hand auf den Ring.

Einen Augenblick lang passierte nichts.

Dann stieß Franzi einen Schrei aus und zog die Hand so schnell zurück, dass Fynn zusammenzuckte, Cornelius vor Schreck quietschte und Lena einen Satz machte wie ein Känguru. Hinter ihnen ertönte eine barsche Stimme: »Was habt ihr hier verloren? Macht, dass ihr wegkommt, sonst gibt's Ärger!«

2

Natürlich gab es jede Menge Kinder in München. Es gab ja auch jede Menge Erwachsene. Die Stadt hatte schließlich über eine

Million Einwohner. Wenn man die genaue Zahl wissen wollte, musste man Cornelius Jaeckel fragen, der eine Art wandelndes Lexikon war.

Trotzdem hatten Fynn und Franziska Gerolstein, Lena Mazani und Cornelius Jaeckel es nie geschafft, andere Freunde zu finden. Lena, die manchmal total ätzende Dinge sagen konnte, meinte, es lag daran, dass sie eine Freakshow waren.

Franzi und Fynn hielten sich nicht für Freaks. Sie vermuteten eher, es lag daran, dass ihre Eltern ständig auf Reisen waren und sie von klein auf in allen Ferien zu diesen Reisen mitgeschleppt hatten. Wie sollte man denn so Freunde finden?

»Da habt ihr's«, sagte Lena immer, wenn sie dieses Gespräch führten. »Ihr zwei seid immer einer Meinung und müsst euch nicht mal abstimmen. Freakig, freakig, freakig!«

»Und du läufst neuerdings mit dieser komischen Fliegerbrille rum«, sagte Cornelius. »Und was war's davor? Ein Piratentuch und 'ne Augenklappe. Und davor diese halbe Maske aus Venedig, die du immer vor einer Gesichtshälfte getragen hast. Wieso eigentlich? Du hast doch zwei Augen, die fabelhaft funktionieren.«

»Weil ich ein Freak bin«, erklärte Lena fröhlich. »Und du bist einen Kopf größer als wir alle und kannst Erwachsenenhemden tragen und wahrscheinlich uns drei mit einer Hand hochheben und hast trotzdem dauernd Angst!«

»Ich hab keine Angst, ich bin nur umsichtig«, korrigierte Cornelius in dem Versuch, seine Würde zu wahren.

»Du bist ein Freak«, sagte Lena grinsend.

Der eigentliche Grund, warum nie weitere Freunde zu ihrer Gruppe gestoßen waren, war aber ein anderer: Sie brauchten sonst niemanden! Sie waren vier beste Freunde. Wer konnte sich noch mehr wünschen?

Fynns und Franzis Eltern hatten eine kleine Firma für Dokumentarfilme. Sie produzierten Filme, bei denen sie stets selbst die Regie führten, natürlich eifrig unterstützt von ihren Kindern, die in den Ferien fleißig mit anpackten.

Lenas Vater, Giuseppe Mazani, war Kameramann und machte tolle Aufnahmen für das Unternehmen. Und für die Tonaufnahmen von *Gerolstein Doks* war Tanja Jaeckel verantwortlich. Sie war Cornelius' Mutter.

Weil sie so oft zusammenarbeiteten, waren die Erwachsenen inzwischen eng befreundet, und die Freundschaft war auch auf ihre Kinder übergegangen.

In diesen Sommerferien waren die vier ausnahmsweise zu Hause in München geblieben. *Gerolstein Doks* hatte einen Auftrag vom Bayerischen Fernsehen erhalten: eine Reportage über die Antiquitätenhändler im Münchner Stadtviertel Schwabing. Die Touristen kamen von weit her, um durch Schwabing zu bummeln. Wenn man aber hier lebte und es gewöhnt war, in den Ferien bei Dreharbeiten auf Island oder in der Sahara, in Australien oder in den Rocky Mountains unterwegs zu sein, übte Schwabing keinen besonders großen Reiz aus. Schon gar nicht, wenn man die Zeit in dunklen, muffig riechenden Hallen zwischen lauter altem Plunder totschlagen musste.

»Antiquitäten sind wertvolle Gegenstände aus vergangenen Epochen«, sagte Cornelius. »Sie sind kein Plunder.«

»Wenn du sie in den Sommerferien die ganze Zeit anschauen musst ...«, sagte Fynn.

»... kommen sie einem total wie Plunder vor!«, beendete Franzi den Satz.

»Monsterplunder!«, bestätigte Lena.

Und zu allem Übel hatte es in den Sommerferien bisher fast nur geregnet. Im Juli, bevor die Ferien begonnen hatten, war es drei Wochen lang so heiß und sonnig gewesen, dass selbst die Surfer im bitterkalten Eisbach im Englischen Garten, Münchens riesigem Park, ihre Neoprenanzüge abgelegt hatten. Aber jetzt, Ende August, war es kühl und beinahe herbstlich. Also mal wieder typisch bayerische Sommerferien! Wenigstens sah man in den finsteren Hallen von dem Regen nichts.

Die Ferien hatten also ziemlich langweilig begonnen, doch dann hatte Lena die seltsame Apparatur entdeckt und damit für Aufregung gesorgt. Und jetzt stand der Antiquitätenhändler, der mit seinem langen grauen Haar und seinem Musketierbart selbst wie eines seiner Altertümer aussah, hinter ihnen und war so wütend wie ein Berggorilla.

3

»Wir haben nichts angefasst«, sagte Lena unschuldig.

»Lasst die Finger von dem Gerät und verschwindet! Eure Eltern sind mit den Arbeiten für heute fertig. Ich will meine Ruhe!«

»Was ist das denn für ein Gerät?«, fragte Lena. Cornelius, der wie üblich eingeschüchtert war, sagte gar nichts, und Fynn musterte besorgt seine Schwester und ignorierte den Händler. Franzi war auf einmal blass und blickte sich dauernd über die Schulter um, als würden sie verfolgt.

Der Händler führte sie nach vorn in den Teil seiner Halle, der den Käufern zugänglich war.

»Was geht's dich an?«, knurrte er.

Selbst Lena war von der Unfreundlichkeit des Händlers eingeschüchtert und stellte keine weiteren Fragen mehr. Die Kinder halfen, die Kameraausrüstung in den Sprinter von Gerolstein Doks zu verladen. Als ihre Eltern den Händler überreden wollten, ihnen auch für den nächsten Tag eine Drehgenehmigung zu erteilen, bemerkte Lena, dass mit den Zwillingen etwas nicht stimmte.

»Was ist denn mit euch los?«

Cornelius sah überrascht auf. Fynn und Franzi wechselten einen Blick.

»Als Franzi das Ding berührte, hatte sie ein ganz komisches Gefühl«, erklärte Fynn zögernd. Auch das war eine Eigenart der Zwillinge, an die Lena und Cornelius sich längst gewöhnt hatten.

Oft konnten beide recht genau schildern, was der jeweils andere gerade fühlte. Deshalb war es egal, wer die Sachlage erklärte – die Erklärung stimmte meistens. »Es war wie ein ... wie ein ...« Fynn stockte.

Lena zog verwundert die Augenbrauen hoch. So ratlos hatte sie die Zwillinge noch nie gesehen. Auch Cornelius musterte die Geschwister besorgt.

»Wie ein elektrischer Schock?«, fragte er.

»Nein, eher wie ... hmmm ...«

»Wie ein kalter Hauch?«

»Nein, sondern ...«

»Wie ein Schlag ins Gesicht?«

»Halt doch mal die Klappe, Cornelius, und lass ihn ausreden!«, rief Lena genervt.

Doch es war Franzi, die antwortete. Ihre Augen waren weit aufgerissen und ihre Wangen bleich. »Es war, als hätte ich etwas Lebendiges angefasst«, flüsterte sie. »Und dann fühlte es sich an, als ob etwas unter meine Haut glitt. Als würde für einen winzigen Moment ein Fremder vor dir stehen und sähe dich an ... und im nächsten Moment ist er weg, und du spürst, wie er in dich hineinschlüpft wie eine Hand in einen Handschuh.«

»Monstermäßig«, sagte Lena schockiert.

»Voll unheimlich«, sagte Cornelius. »Hättest du das Ding bloß nicht angefasst. Am Ende ist es Ebola.«

Lena verdrehte die Augen. »Und wie geht's dir jetzt?«

Statt Franzi antwortete Fynn: »Ich habe das auch gespürt. Und eins ist sicher ...« Wieder fand die kurze, für die anderen nicht wahrnehmbare Kommunikation der Zwillinge statt, als sie einen Blick tauschten. Franzi nickte. Auf Fynns bloßen Armen bildete sich auf einmal eine Gänsehaut. »... was es auch ist, es ist immer noch da.«

4

Irgendwie waren dann anscheinend ein paar Tage vergangen, ohne dass Franzi es richtig gemerkt hatte. Und wie sie in die Lagerhalle gekommen war, wusste sie auch nicht. Total verwirrt stand sie nun wieder vor der merkwürdigen Apparatur. Sie sah sich nach den anderen um, aber sie war allein. Nicht einmal Fynn war da, und das war das Beängstigendste an der ganzen Situation. Die Zwillinge unternahmen nur ganz selten etwas getrennt voneinander, und schon gar nicht so etwas wie sich heimlich bei Nacht in eine fremde Lagerhalle schleichen. Nacht war es – das wusste sie, ohne zu wissen, woher. Sie wollte die anderen rufen, aber sie bekam keinen Ton heraus.

Die Apparatur schimmerte in ihrem merkwürdigen, von innen heraus kommenden Glanz. Die wabernde Luft im Inneren des Rings schien Muster zu bilden, Farbwirbel, dunkle Stellen. Es kam Franzi vor, als wäre der Ring die Iris eines riesigen Auges, und die schwarze Pupille in ihrer Mitte ein Schacht, in den sie hineinfiele, wenn sie zu nah herantrat. Sie hob die Hand, mit der sie die Apparatur berührt hatte, doch dann wagte sie nicht, sie noch einmal auf den Ring zu legen.

Das Gerät summte ganz leise. Beim letzten Mal war Franzi das nicht aufgefallen. Wenn man es genau bedachte, war es gar kein Summen, eher ein ... Rascheln. Nein, ein ... Wispern. Als flüsterte das Gerät ihr etwas zu. Eine Gänsehaut lief über Franzis Körper. Das Gerät wisperte immer und immer wieder einen Namen ...

... Franzi ...

»FRANZI?«

Franzi fuhr zusammen und schrie auf. Auf einmal war sie nicht mehr in der Lagerhalle, sondern in ihrem Bett. Sie spürte, dass sie schweißnass war. Fynn stand neben ihr und sah sie mit aufgerissenen Augen an. Sie schluckte. Hatte sie etwa nur geträumt?

»Das Ding in der Lagerhalle«, stotterte Fynn. »Es hat meinen Namen geflüstert.«

»Meinen auch«, sagte Franzi. Sie mussten nicht erwähnen, dass sie beide das Gleiche geträumt hatten. Sie wussten es auch so.

»Es war ein gruseliger Traum«, sagte Fynn. Er setzte sich auf

Franzis Bett. Franzi wollte ihm schon zustimmen, zögerte dann jedoch. Sie hatte sich im Traum zwar gefürchtet, weil sie ganz allein vor dem Gerät gestanden hatte. Aber von dem Gerät selbst war keine Bedrohung ausgegangen. Die Situation war unheimlich gewesen, das ja, aber das Gerät schien eher um Hilfe zu rufen, als ihnen etwas tun zu wollen. Sofern einem solch ein Apparat überhaupt gefährlich werden konnte.

Sie und Fynn sahen sich an. Fynn zuckte mit den Schultern.

»Vielleicht ist es der Mond«, sagte er. »Mama hat gesagt, übermorgen ist Neumond. Da füllt sich der leere Nachthimmel mit merkwürdigen Träumen.«

Franzi schnaubte verächtlich.

»Na gut«, seufzte Fynn resigniert. »'nen Versuch war's wert, oder? Ich glaube ja auch, dass das Ding ... dass es ...«

»... uns ruft«, vollendete Franzi den Satz. Sie bekam Gänsehaut.

»Jetzt wird's mir wirklich zu gruselig«, sagte Fynn. »Ich geh wieder ins Bett und spiel Minecraft. Einschlafen kann ich jetzt eh nicht mehr.«

Als er aufstand, fiel etwas klappernd zu Boden, und er bückte sich, um es aufzuheben. Franzi hörte ihn im Halbdunkel herumtasten.

»Du hast einen Stift im Bett gehabt«, sagte er dann. »Einen Bleistift. Sei froh, dass die Spitze so stumpf ist, sonst hättest du dich beim Schlafen in den Po gepiekst.« Er legte den Stift auf das Nachttischchen. »Warum hattest du einen Stift in deinem Bett?«

»Ich hatte keinen Stift in meinem Bett«, sagte Franzi. Eine merkwürdige Ahnung kroch in ihr hoch. Sie machte die Nachttischlampe an. Das Licht fiel auf ihr Kopfkissen und auf die Wand daneben.

»Oh nein!«, stöhnte Fynn, der es im selben Augenblick sah wie Franzi.

Franzi krabbelte aus dem Bett. Nur weg davon, war ihr erster Gedanke. Dann beruhigte sie sich wieder. »Los, komm, wir schauen bei dir nach«, sagte sie.

Fynn war ebenfalls vom Bett zurückgewichen. »Du meinst ...?«

»Weiß ich nicht. Lass uns nachschauen.«

In Fynns Zimmer fanden sie das Gleiche. Nicht mit Bleistift geschrieben, sondern mit einem Filzer. Der Stift lag in Fynns Bett und hatte mit seiner total zerfaserten Spitze einen großen Fleck auf das Leintuch gemacht. »Dafür bringt Mama mich um«, ächzte Fynn. Er deutete auf die Wand neben seinem Kopfkissen. »Und dafür auch.«

Franzi las wieder und wieder, was Fynn geschrieben hatte. Er musste es im Traum getan haben. Genauso wie Franzi – dieselben Worte standen auf der Wand neben ihrem Kopfkissen.

Es waren Namen. Hingekritzelt, während sie geschlafen hatten. Franzi musste dazu sogar aufgestanden sein und den Bleistift vom Schreibtisch geholt haben. Doch sie konnte sich nicht daran erinnern. Zum dritten Mal bekam sie am ganzen Körper Gänsehaut. Fynn zog fröstelnd die Schultern hoch und umfasste seine Oberarme.

Es waren fünf Namen, die wieder und wieder geschrieben worden waren, bis Franzis Bleistift stumpf und Fynns Filzstift ruiniert war.

Franzi.

Fynn.

Lena.

Cornelius.

Franzi Fynn Cornelius Fynn Franzi Lena Lena Cornelius. Fynnfranzilenacornelius. Frynnzinacornelenanzius.

Und dazwischen der fremde Name: Vidocq.

Vidocq.

VIDOCQ!

5

»Es gab einen Eugène Vidocq«, sagte Cornelius am nächsten Tag. Die Freunde hatten sich im Haus der Gerolsteins getroffen. Ihre Eltern waren an einem anderen Drehort. Der Antiquitätenhändler, in dessen Lagerhalle die Apparatur stand, hatte keine weitere Drehgenehmigung erteilt. Sie saßen alle gemeinsam auf Fynns ungemachtem Bett. »Ich hab ihn gegoogelt. Eugène François Vidocq.« Er sprach die französischen Namen richtig aus: Öhschänn Frongswa Widock. Voll ritz, dachte Lena. Was der alles weiß!

»Und was ist das für'n Typ?«, fragte Lena.

»Erst mal ist er schon seit hundertfünfzig Jahren tot«, antwortete Cornelius.

»Voll ritz«, meinte Lena beeindruckt.

»Er war der berühmteste Detektiv der Welt«, erklärte Cornelius. »Er hat die Kriminalpolizei erfunden.«

»Der berühmteste Detektiv der Welt war James Bond«, sagte Lena.

Cornelius stieß die Luft aus. Fynn sagte: »Nein, das war Sherlock Holmes.«

»James Bond ist ein Geheimagent«, sagte Franzi.

»Ist das was anderes?«, fragte Lena.

»Fast alle bekannten Detektivfiguren sind nach dem Vorbild von Vidocq erfunden worden«, sagte Cornelius. »Auch Sherlock Holmes.«

»Und James Bond.«

»Nee!«, rief Cornelius ungeduldig. »Der nicht! Und wir reden hier von einem echten Menschen, keiner Figur aus einem Buch oder einem Film!«

»Wart nur, ich google ›James Bond‹, dann werd ich's euch zeigen«, murmelte Lena aufgebracht.

»Die Frage ist: Wieso habt ihr seinen Namen im Traum an die Wand gekritzelt, wenn ihr noch nie was von ihm gehört habt?«, überlegte Cornelius.

Die Zwillinge zuckten mit den Schultern. Dann sagte Franzi: »Ich glaube, es hängt mit dem Gerät zusammen.«

Lena schob die zwei Kissen beiseite, die Fynn an die Wand

gelehnt hatte, um das Gekritzel vor seinen Eltern zu verbergen. »Das kriegst du echt nie mehr weg«, sagte sie. »Deine Eltern müssen die Wand neu streichen.«

Doch wieder hörte ihr keiner zu. »Mit dem Gerät?«, fragte Cornelius. »Wie das?«

»Es war, als würde das Ding uns rufen«, erklärte Fynn und fügte hinzu: »Im Traum, meine ich.«

Cornelius fragte nachdenklich: »Warum ruft es euch gerade jetzt? So wie das Ding aussieht, steht es ja nicht erst seit gestern dort.«

»Vielleicht weil ich es erst jetzt berührt habe?«, meinte Franzi.

»Das ist wirklich voll ...«, begann Cornelius.

»Alter!«, unterbrach ihn Lena ungeduldig, »hör mal auf mit deinem ›unheimlich‹!«

»Ich wollte sagen: voll ritz«, sagte Cornelius beleidigt.

»Oh.« Lena grinste. »Das ist jetzt aber monsterritz.«

»Was sollen wir jetzt tun?«, fragte Franzi.

»Radiergummis raus, dann radieren wir bei dir den Mist spurlos von der Wand«, sagte Lena. Dann sah sie Fynn etwas mitleidig an und fügte hinzu: »Du bist allerdings erledigt. Überleg dir besser schon mal 'ne gute Ausrede.«

»Und was ist mit dem Traum?«

Lena winkte ab. »Was wollt ihr denn machen? Zu dem Antiquitätenhändler gehen und das Gerät kaufen, bloß weil ihr 'nen komischen Traum hattet?«

»Aber wir haben beide zur selben Zeit das Gleiche geträumt.«

»Ihr macht immer zur selben Zeit das Gleiche«, sagte Lena. »Vergesst die Sache einfach. Träume sind Schäume, sagt mein Pa.«

»Und das seltsame Gefühl, das ich hatte, als ich das Teil berührte ...?«, fragte Franzi.

Lena ignorierte sie. »Wo sind die Radiergummis?«

6

In der nächsten Nacht träumte Franzi wieder. Wieder stand sie vor der Apparatur in der Lagerhalle. Doch als sie zur Seite blickte, sah sie Fynn. Sie war also diesmal nicht allein.

»Das ist nur ein Traum«, sagte Fynn zu ihr. »Ich weiß es diesmal. Aber warum wache ich nicht auf?«

»Weil ich es nicht zulasse«, sagte eine Stimme hinter ihnen.

Erschrocken drehten sie sich um. Ein Mann stand vor ihnen. Er trug völlig altmodische Kleidung, einen langen Mantel mit hoch aufgestelltem Kragen, und um den Hals eine weiße Binde mit einer Schleife statt einer Krawatte. Er war ziemlich alt und ziemlich dick. Sein Haar war weiß und lockig und viel zu lang für den heutigen Geschmack, seine Koteletten buschig und bis zu den Kinnbacken heruntergewachsen. Er lächelte über sein ganzes breites Gesicht, und dieses Lächeln wirkte so freundlich, dass es den Schreck über sein unerwartetes Auftauchen milderte.

»Wer sind Sie?«, fragte Fynn.

»Woher soll ich das wissen?«, fragte der Mann. »Es ist doch dein Traum.« Er zwinkerte Fynn zu.

»Es ist unser Traum«, korrigierte Franzi. »Und Sie kontrollieren ihn. Sie sind Herr Vidocq, nicht wahr?«

Der Mann verbeugte sich. Er lächelte jetzt noch breiter. »Nicht schlecht«, sagte er. »Ihr kombiniert schnell. Nicht, dass ich etwas anderes von euch erwartet hätte.«

»Wieso können Sie das? Wie können Sie in unseren Träumen sein?« Franzi schluckte. »Sie sind doch ... tot?«

»Wie man's nimmt«, sagte Vidocq. »Und was die Frage betrifft, warum ich das kann ... ich habe hundertfünfzig Jahre lang gewartet, bis ich unter meinen Nachfahren endlich jemanden fand, mit dem ich Kontakt aufnehmen konnte.«

»Nachfahren?«, fragte Fynn.

Vidocq breitete die Arme aus. »Ihr seid meine Ur-Ur-Ur-Ur-Enkel. Wahrscheinlich habe ich mindestens ein ›Ur‹ vergessen. Macht nichts.«

»Sie sind unser Uropa?«, rief Fynn.

»Ur-Ur-Ur ...«, berichtigte Vidocq.

»Aber ...«

»Pssst. Wir haben nicht viel Zeit. Ich kann euch immer nur an drei Tagen im Monat in euren Träumen besuchen – am Tag vor Neumond, an Neumond selbst und dem Tag danach. Einen Tag habe ich schon damit verloren, Zugang zu euren Träumen zu bekommen. Wir haben nur noch heute Nacht und morgen Nacht. Ich werde euch alles erklären. Aber die wichtigste Frage habt ihr vergessen.«

Franzi musste nicht lange nachdenken: »Was haben Sie gemeint, als ich sagte, Sie seien tot, und sie haben geantwortet: ›Wie man's nimmt‹?«

Vidocq lächelte so breit, dass seine Augen zu winzigen Schlitzen wurden. »Ihr seid wirklich meine Nachfahren!«, sagte er stolz.

»Also passt gut auf. Und wenn ihr alles verstanden habt, brauche ich eure Hilfe.«

7

Am nächsten Tag waren die Eltern wieder an einem Drehort und die Kinder zusammen. Aber sie hatten sich nicht im Haus der Gerolsteins getroffen, sondern saßen in der U-Bahn und fuhren in die Innenstadt. Flüsternd steckten sie unterwegs die Köpfe zusammen.

»Und er hat wirklich gesagt, er ist ein Geist?«, zischte Cornelius.

»Er hat gesagt, er ist der Teil von Vidocq, der sich nicht von der Welt lösen konnte, als er starb.«

»Hört sich verdammt stark nach 'nem Geist an«, sagte Cornelius nüchtern.

»Voll monsterritz«, erklärte Lena.

»Und er konnte die Welt nicht loslassen, weil er der beste Detektiv aller Zeiten war und trotzdem ein paar Rätsel nicht lösen konnte? Weil er damit die Aufgabe nicht erfüllt hat, für die er gelebt hat?«

Franzi nickte.

»Und diese Rätsel«, fragte Cornelius weiter, »sind nicht nur irgendwelche Kriminalfälle, die er nicht aufklären konnte, sondern ...?«

»Die großen Rätsel der Menschheitsgeschichte«, sagte Fynn. »So hat er es jedenfalls formuliert.«

»Er neigt zu Schwulst, oder?«, fragte Lena respektlos.

»Und ihr sollt ihm dabei helfen, diese Rätsel nun zu klären, damit er endlich Abschied nehmen kann«, fasste Cornelius die Geschichte der Zwillinge zusammen.

»Also das ist doch voll ...«, begann Lena.

Cornelius fiel ihr ins Wort. »Und zwar, weil ihr seine Nachfahren seid. Weil ihr die ersten von seinen Enkeln und Urenkeln und Ur-Ur-Ur-Ur-Enkeln seid, mit denen er Kontakt aufnehmen kann.«

»Hab ich doch gesagt«, sagte Franzi ein wenig ungeduldig. »Ich glaube, es ist, weil ich das Gerät berührt habe.«

»Das Gerät, in dem sein Geist ...«, Cornelius versuchte sich zu erinnern, was die Zwillinge erzählt hatten, »... seinen Anker in der Welt gefunden hat.«

»Alter, wir sind nicht in der Schule. Es gibt keine Eins fürs Aufsagen von Sachen«, sagte Lena spöttisch.

»Ich versuch es ja nur zu verstehen«, verteidigte sich Cornelius. »Das Gerät gehörte Vidocq, als er noch lebte?«

»Richtig.«

»Und was ist das genau für ein Ding?«

»Hat er nicht gesagt.«

»Oder ihr seid zu früh aufgewacht.« Lena grinste frech. Alle drei ignorierten sie mal wieder, worüber Lena sich ärgerte. Sie versuchte ein bisschen Spaß in diese gruselige Geschichte von längst verstorbenen Detektiven zu bringen, und keiner ließ sich aufheitern. Die anderen nahmen diese seltsamen Träume und die geheimnisvolle Apparatur viel zu ernst!

Eine Frau gegenüber blickte missbilligend herüber, als Lena sich zurücklehnte. Die verächtlichen Blicke glitten über Lenas Fliegerbrille, über ihre enge Weste mit den aufgenähten Zahnrädern und Spulen, ihre Jeans mit den löchrigen Knien und die dicken Arbeiterstiefel, die ihr viel zu groß waren.

Lena schob sich die Brille über die Augen und gab den Blick aus der einen freien Linse zurück. Sie fühlte die Kompassnadel in der anderen Linse tanzen und grinste so künstlich, dass all ihre Zähne sichtbar waren. Die Frau verzog das Gesicht und wandte sich ab.

Cornelius war inzwischen wieder zum Kern der Geschichte zurückgekehrt. »Und wie stellt sich euer Ur-Ur-Ur-Ur-Opa vor, dass ihr diese Rätsel löst, wenn er sie selbst schon nicht knacken konnte?«

»Ein ›Ur‹ reicht«, seufzte Fynn. »Sonst wird man ja verrückt.«

»Er hat nur gesagt, dass wir zu der Lagerhalle fahren sollen. Dort erfahren wir mehr.«

Cornelius' Gesicht hellte sich auf. »Vielleicht gibt's dort irgendwo versteckt einen Superrechner mit megaschneller Internet-Verbindung und einem Hackerprogramm, sodass man überall reinkann und Nachforschungen anstellen! Wenn es so ist, könnt ihr euch ganz auf mich verlassen. Ich knack die Rätsel für euch.« Er richtete einen ehrfürchtigen Blick an die Decke des U-Bahn-Waggons.

»Und für Herrn Vidocq!«

»Ich glaub nicht, dass es so einfach wird«, murmelte Franzi.

»Was sollen wir tun, wenn wir in der Lagerhalle sind?«, fragte Lena.

»Zu dem Händler gehen und ihm ausrichten, dass er nun sein Versprechen an Herrn Vidocq einlösen muss«, erwiderte Franzi.

»Was? Der Händlertyp träumt auch von eurem Uropa?«

»Keine Ahnung«, seufzte Fynn. »Keine blasse Ahnung.«

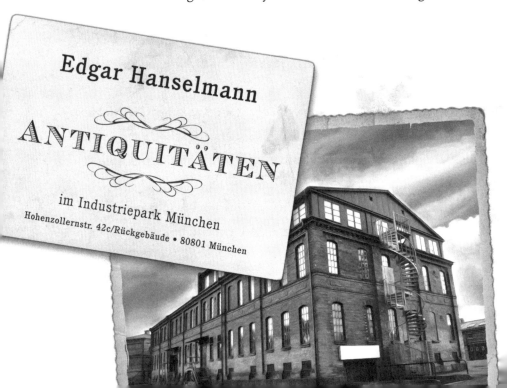

8

Der »Händlertyp« bleckte unfreundlich die Zähne, als die Kinder seine Lagerhalle betraten. Franzi holte Luft, doch er hob die Hand.

»Kein Wort«, stieß er hervor.

Er stapfte zu einem Ehepaar hinüber, die einzigen Kunden im Laden, das in einem Schuhkarton voller alter Ansichtskarten blätterte. Einen ganzen Stoß davon hatten sie schon herausgelegt.

»Der Laden schließt jetzt«, sagte der Händler.

Das Ehepaar sah überrascht hoch. »Oh? Wir dachten ...?«

»Jetzt«, bekräftigte der Händler.

»Dann möchten wir gerne diese Karten ...«

Der Händler raffte den Stapel zusammen und stopfte sie ohne hinzusehen wieder in den Karton zurück. »Was an dem Wörtchen ›jetzt‹ haben Sie nicht verstanden?«, knurrte er.

Das Ehepaar verließ schimpfend und ziemlich fassungslos den Laden. Der Händler knallte ungerührt die Tür hinter ihnen zu, schloss sie ab und machte eine Kopfbewegung in Richtung der Kinder. »Mitkommen!«

Die Kinder hatten bloß mit offenem Mund zugesehen, wie der Händler seine einzigen Kunden rausgeschmissen hatte. Jetzt folgten sie ihm schweigend in den hinteren Teil der Halle ... dorthin, wo auch die geheimnisvolle Apparatur Vidocqs stand. Bevor sie sie erreichten, blieb der Händler plötzlich stehen und drehte sich ruckartig um. Cornelius, der vorangegangen war, blieb erschrocken stehen, sodass Franzi und Lena in ihn hineinliefen. Fynn war ein Stück zurückgeblieben, kam jetzt jedoch näher. Ihm fiel auf, dass die Kleidung des Händlers derjenigen, die Vidocq in ihrem Traum getragen hatte, ziemlich ähnlich sah.

»Hat er also endlich ein paar Dumme gefunden?«, brummte der Händler.

»Wer?«, fragte Fynn.

»Vidocq, der alte Gauner.«

»Wir ... äh ... wir sollen Ihnen etwas von ihm ausrichten ...«, stotterte Fynn.

»Ja, ja. Als ob ich auch nur einen einzigen Tag an was anderes gedacht hätte als an das Versprechen, seit ich die Bude hier von meinem Vater geerbt habe. Die Bude – und das vermaledeite Ding! Wer von euch stammt von Vidocq ab?«

Franzi und Fynn hoben stumm die Hände. Der Händler nickte. »Zwillinge«, murmelte er. »Die besondere Verbindung. Menschen, die mehr als andere in der Lage sind, über den geistigen Draht zu kommunizieren, der alle Wesen miteinander verbindet, statt über das übliche Geplapper. Liegt nahe.«

Er setzte sich wieder in Bewegung und führte sie zu der Apparatur. »Was glaubt ihr, was das ist?«, fragte er.

»Etwas, das Vidocqs Geist einen Anker in der Welt gegeben hat?«, wiederholte Fynn, was der Detektiv ihnen im Traum gesagt hatte.

Der Händler prustete. »Meine Güte, wie geschwurbelt. Aber

ja, zum Teil ist das die Funktion dieses Geräts.« Er zeigte eine winzige Strecke zwischen Daumen und Zeigefinger an. »So viel. Der Rest ... ist das größte Wunder der Welt!« Plötzlich klang seine Stimme stolz. »Meine Damen und Herren, darf ich vorstellen: die Zeitmaschine von Pierre Hanselmann!«

Cornelius keuchte. Die anderen brachten vor Staunen keinen Laut heraus. Fynn dachte bei sich, wie kompliziert eine Zeitmaschine sein musste, wenn die Fähigkeit des Geräts, dem Geist eines längst verstorbenen Mannes Halt in der Welt zu geben, nur einen Bruchteil seiner Leistung darstellte.

Lena erinnerte sich an einen Namen, den sie von ihren Eltern bei der Vorbereitung zum Dreh in diesem Geschäft gehört hatte. »Sie sind Herr Hanselmann!«, sagte sie.

Der Händler verbeugte sich schroff. »Edgar Hanselmann. Der Ur-Ur-Ur-was-weiß-ich-wie-viele-noch-Enkel von Pierre Hanselmann. Dem größten Erfinder der Welt. Dem Entdecker des Hanselmann-Paradoxons, der Hanselmann-Gleichung und der Hanselmann-Tangente.«

»Was soll das denn alles sein?«, fragte Cornelius.

Edgar Hanselmann ging ein bisschen die Luft aus. »Keine Ahnung. Aber man braucht das alles, damit die Zeitmaschine funktioniert.«

»Wenn Ihr Uropa die Zeitmaschine erfunden hat – was hat sie dann mit Herrn Vidocq zu tun?«, fragte Franzi.

Hanselmann schrumpfte noch ein bisschen. »Äh ... also ... Pierre Hanselmann war nur im Nebenberuf Erfinder.«

»Und was war sein Hauptberuf?«

»Bankräuber.« Hanselmann schniefte. »Da gibt's nichts zu lachen. Mein Uropa war Bankräuber, und euer Uropa hat ihn geschnappt. Und die Zeitmaschine ... war gar nicht als Zeitmaschine gedacht gewesen, sondern als ein Mittel, um durch Wände zu gelangen. Zum Beispiel durch die Wände von Geldspeichern und Tresoren.«

»Gebeamt!«, rief Lena begeistert. »Wie bei Raumschiff Enterprise.«

»Hat es funktioniert?«, fragte Fynn.

»Nein«, brummte Hanselmann säuerlich, »sonst hätte Vidocq meinen Uropa ja nie zu fassen gekriegt. Pierre hatte das Gerät in einem alten Keller neben dem Tresorraum der größten Pariser Bank abgestellt, sich reingesetzt und es eingeschaltet. In diesem Zustand war das Gerät, als Vidocq in den Keller kam: eingeschaltet, summend, die Luft innerhalb des Rings schillernd wie ein Regenbogen – und von Pierre keine Spur. Nach einer Weile riskierte Vidocq es und zog an einem Hebel. Der Hebel schaltete die Maschine ab, und mein Uropa fiel plötzlich aus dem Nichts heraus, völlig außer sich. In seiner Jacke steckte ein Pfeil – und ein anderer in seinem Hintern, aber das merkte er erst später –, und er flehte Vidocq an, ihn zu retten, weil er direkt aus einer riesigen Schlacht käme, die französischen Ritter nun hinter ihm her seien und die englischen Bogenschützen auf ihn geschossen hätten. So ziemlich alle wollten ihm also an den Kragen. Mit der Zeit wurde ihm und Vidocq klar, dass er keinen Transporter erfunden hatte, sondern ganz aus Versehen eine Zeitmaschine, und dass er sich nicht in den Tresorraum der Bank versetzt hatte, sondern mitten in die Schlacht von Azincourt.«

»Das war 1415«, sagte Cornelius. »Eine Schlacht im Hundertjährigen Krieg zwischen Engländern und Franzosen. Die Engländer haben gewonnen.«

»Woher weißt du immer so Sachen?«, stieß Lena hervor. Cornelius zuckte mit den Schultern.

Hanselmann betrachtete Cornelius misstrauisch, doch dann erzählte er weiter: »Vidocq ließ meinen Uropa laufen; statt ihn ins Gefängnis zu bringen, verlangte er von ihm, dass er weiter an der Zeitmaschine arbeiten solle. Und er nahm ihm das Versprechen ab, dass er ihm mit der Zeitmaschine zu Hilfe kommen würde, wenn er diese Hilfe brauchte. Entweder Pierre selbst – oder sein Sohn – oder sein Enkel – oder sein Urenkel ... und so weiter.«

»Hat Ihr Uropa sich nicht über diesen Wunsch gewundert?«, wollte Fynn wissen.

»Keine Ahnung. Wenn ihr mich fragt, ich glaube, dass er und Vidocq sich irgendwie ähnlich waren. Beide große Spinner – und im Grunde ihres Herzens Gauner. Seid ihr sicher, dass ihr das tun wollt?«

»Was?«, fragte Franzi.

Hanselmann rollte mit den Augen. »Na, Vidocqs Rätsel lösen!«

Fynn und Franzi sahen sich an. Sie holten Luft. Zu Fynns Überraschung waren es aber nicht zwei Stimmen, die sich meldeten, sondern vier. Die anderen beiden waren die Stimmen von Lena und Cornelius. Sie sagten alle gleichzeitig: »Ja.«

»Ich glaube, euch ist gar nicht klar, was ihr da vorhabt.«

Cornelius widersprach. »Doch, ich glaube schon.« Er lächelte überlegen. Es geschah selten, dass Cornelius gegenüber einem Erwachsenen heraushängen ließ, wie viel er wusste. Er musste sich daher sehr sicher fühlen. »Wenn Ihr Uropa eine Zeitmaschine gebaut hat, dann hat er sicher auch noch andere Dinge erfunden. Zum Beispiel einen Superrechner, mit dem wir uns überall reinhacken und herausfinden können, was es mit den Rätseln auf sich hat. Zeigen Sie mir nur, wo der Rechner steht, dann ist die Sache schon erledigt.«

Hanselmann fragte: »Du meinst den Superrechner, an den du dich nur setzen und ihn einschalten musst, dann surfst du ein bisschen im Internet rum und hackst dich da und dort rein, und schwuppdiwupp hast du alles rausgefunden, was Vidocq zeit seines Lebens und in hundertfünfzig Jahren als Geist nicht rausgekriegt hat?«

»Genau den«, sagte Cornelius.

Hanselmann fing an zu klatschen. Es hörte sich komisch, spöttisch und absolut verächtlich an, wie er da so allein klatschte. »Du bist das Superhirn eurer Truppe, wie?«, fragte er.

»Genau, wenn Sie's schon wissen wollen!«, rief Lena feindselig.

»Freundchen«, sagte Hanselmann, »es gibt keinen Supercomputer. Alles, was es gibt, ist das hier.« Er deutete auf die Zeitmaschine. Dann erinnerte er sich anscheinend an etwas. »Und das hier.«

Er bückte sich und öffnete eine Klappe im Fuß der Sitzbank. Aus einem Fach dort holte er einen Umschlag aus dickem gelben Papier hervor, der durch einen roten Klecks – einem Wachssiegel – verschlossen wurde. Hanselmann fuhr mit dem Daumennagel darunter, holte einen Brief aus dem Umschlag hervor und faltete ihn auf.

Franzi sah, dass die Vorderseite eng beschrieben war. Da und dort war die Tinte durch das Papier auf die Rückseite gedrungen. Was dort stand, konnte sie nicht lesen. Hanselmann spähte darauf, brummte unzufrieden, fischte eine Brille aus der Tasche und setzte sie auf. Er überflog den Brief. »Aha!«, murmelte er. Dann: »Das hab ich mir gedacht!« Dann: »Du meine Güte!« Er drehte den Brief um, um nachzusehen, ob auf der Rückseite auch etwas stand. Dann ließ er ihn sinken. »Seid ihr sicher, dass ihr das tun wollt?«, fragte er nochmals, und diesmal wirkte er eher besorgt als spöttisch.

»Was müssen wir denn tun?«, rief Franzi.

Hanselmann zuckte mit den Schultern. »Mit jedem der Rätsel verbindet sich ein Ort – und ein Datum. Ihr könnt es nur lösen, wenn ihr dort seid. An diesem Ort. Und zu dieser Zeit.«

Fynn, dem bereits klar gewesen war, worauf dies hinauslaufen musste, seit Hanselmann seine Geschichte erzählt hatte, holte Luft. Er musste Franzi nicht einmal ansehen, um zu wissen, dass sie es auch begriffen hatte. »Wie gefährlich kann es schon sein?«, sagte er. »Unser Uropa war Polizist. Er kann nicht gewollt haben, dass uns etwas zustößt.«

»Wie gefährlich kann was sein?«, fragte Cornelius nervös.

»Mit der Zeitmaschine dorthin zu reisen, wo das Rätsel gelöst werden muss«, sagte Fynn.

Lena schlug Cornelius auf die Schulter. »Alter, jetzt wünschst du dir, du hättest vorhin nicht so schnell Ja gesagt, was!?« Sie schluckte. »Ich wünsch es mir jedenfalls ...«

»Ihr müsst nicht mitkommen«, sagte Franzi. »Ihr habt uns sowieso schon sehr geholfen.«

»Soll das 'n Witz sein?«, rief Lena. »Das ist das Ritzeste, was ich je gehört habe. Und diese Ferien sind das Ätzendste, was ich je erlebt hab! Also lasst uns das größte Abenteuer erleben, das es je gegeben hat!«

»Aber ...«, begann Cornelius.

Hanselmann hatte den Brief noch einmal gelesen. »Er schreibt, die Zeitmaschine lässt sich so einstellen, dass sie euch dorthin bringt, wo ihr hinmüsst, und dann dort auf euch wartet.«

»Ist der Brief von unserem Uropa?«, fragte Fynn.

»Von ihm – und von meinem Uropa. Pierre Hanselmann hat eine Anweisung geschrieben, wie die Maschine zu bedienen ist. Und Vidocq hat darunter geschrieben, was das erste Rätsel ist.«

»Und wie viele Rätsel gibt es?«

»Steht hier nicht. Fangt erst mal mit dem ersten Rätsel an ...«

»Was ist denn das erste Rätsel?«

Hanselmann kniff die Augen zusammen. »Wollt ihr die Aufgabe übernehmen oder nicht?« Er sah von einem zum anderen. Fynn, Franzi und Lena nickten. »Und Mister Superhirn?«

Cornelius schluckte. »Also ich ...«

»Gut, du nicht. Auch in Ordnung. Da, wo ihr hinmüsst, gibt es sowieso keine Computer – es geht in die Vergangenheit. Du wärst dort heillos aufgeschmissen, Freundchen. Ihr anderen – kommt heute Abend wieder. So lange brauche ich, bis ich das Ding zum Laufen gekriegt habe. Wenn ich das richtig verstanden habe, vergeht hier in der Gegenwart genau dieselbe Zeit wie die, die ihr in der Vergangenheit braucht, um das Rätsel zu lösen. Habt ihr eine Ausrede für eure Eltern, damit die euch nicht vermissen?«

Fynn und Franzi betrachteten Cornelius, dem auf einmal zum Heulen war. Franzi hatte eine Idee. »Wir sagen einfach, wir übernachten alle ein paar Tage bei Cornelius' Oma. Cornelius' Mama redet kein Wort mit ihr, weil sie sie für ...«

»... eine verantwortungslose, durchgeknallte alte Schachtel hält«, zitierte Lena und grinste breit. »Nur, weil sie uns letztes Jahr auf ihrem Motorrad hat mitfahren lassen.«

Fynn sagte: »Na ja, aber sie hat uns alle auf einmal mitgenommen ... zwei auf dem Rücksitz und zwei im Beiwagen ...« Doch er grinste so breit wie Lena, als er sich an die Fahrt erinnerte und an Cornelius' Oma in ihrer schwarzen Lederkluft.

Hanselmann grinste nicht. Er wirkte von der Erklärung so genervt wie von allem anderen.

»Deine Oma ist voll ritz, Cornelius!«, bekräftigte Lena.

»Jedenfalls redet auch Cornelius' Oma nicht mehr mit seiner Mama«, meinte Franzi. »Wir fliegen also garantiert nicht auf. Du musst uns natürlich decken, Cornelius, einverstanden?«

Lena sagte: »Mensch, Alter, das kriegst du doch wohl hin!«

»Ich ...«, versuchte Cornelius etwas zu sagen, brachte aber nichts heraus. Er stellte sich vor, was seine Oma sagen würde, wenn sie mitbekam, dass er vor diesem Abenteuer gekniffen hatte.

»Bis später«, knurrte Hanselmann. »Zieht Leine und kommt nach acht wieder, wenn ich zugesperrt habe.«

9

Um Viertel nach acht standen sie wieder vor der Zeitmaschine: Fynn, Franzi, Lena und Hanselmann. Für die drei Freunde war es ein seltsames Gefühl, dass Cornelius nicht dabei war. Das war das erste Mal, dass er bei einer Unternehmung fehlte. Selbst Lena, die oft ziemlich rau mit Cornelius umsprang, schien ihn zu vermissen. Sie blickte sich dauernd um, als hoffte sie, er würde doch noch auftauchen.

Hanselmann wirkte genauso aufgeregt wie die Kinder. »Ich hoffe, ich hab alles richtig gemacht«, murmelte er und betrachtete die Maschine, so wie jemand ein Gerät betrachtet, an dem er schon eine Woche herumgetüftelt hat und das immer noch nicht funktioniert.

»Was ist, wenn nicht?«, fragte Lena.

Hanselmann bleckte die Zähne. »Azincourt«, sagte er. »Oder schlimmer.«

»Na super«, meinte Lena und funkelte den Antiquitätenhändler an.

Hanselmann holte tief Luft. »Ich muss euch noch was sagen. Das Ganze funktioniert nur an drei Tagen: vor, während und nach Neumond.«

»Das hat uns Vidocq schon erklärt. Nur in dieser Zeit kann er in unsere Träume kommen«, sagte Fynn.

»Das meine ich nicht. Auch die Zeitreise funktioniert nur an diesen drei Tagen. Um Mitternacht des dritten Tages reist die Zeitmaschine wieder in die Gegenwart zurück, ob ihr das Rätsel gelöst habt oder nicht.«

»Und wenn wir nicht drinsitzen?«, fragte Franzi.

Statt einer Antwort brummte Hanselmann ein Lied. »Auf Wiedersehen, auf Wiedersehen, bleib nicht so lange fort ...«

»Das Mistding lässt uns im Stich?!«, rief Lena. Auf einmal stieg eine heiße Abneigung gegen die Zeitmaschine in ihr auf.

»Zumindest bis zum nächsten Neumond.«

»Wir wären einen Monat lang ... irgendwo gestrandet?«, stieß Franzi entsetzt hervor.

»Ihr müsst euch eben ranhalten, damit das nicht passiert«, sagte Hanselmann unfreundlich. »Kriegt jetzt bloß keine kalten Füße! Ich hab den ganzen Tag an dem Ding rumgebastelt, damit es funktioniert! Und Klamotten hab ich euch auch bereitgelegt, damit ihr dort nicht auffallt.«

»Wir kriegen keine kalten Füße«, sagten Fynn und Franzi gleichzeitig.

Und Lena beeilte sich zu sagen: »Wenn hier einer kalte Füße kriegt, dann sind das höchstens Sie.«

»Spar dir deine Frechheiten«, fuhr Hanselmann sie an. »Euer Freund Superhirn hat sich schließlich auch schon verabschiedet.«

»Nein, hat er nicht«, sagte da eine zittrige Stimme. Alle drehten sich überrascht um. Vor ihnen stand Cornelius. Er trug eine Hose mit Beintaschen, die sich wölbten, so vollgestopft waren sie, eine alte Fotografenweste seines Vaters mit einem Dutzend ebenfalls vollgestopfter Taschen, an den Füßen schwere Wanderschuhe und auf dem Kopf eine Baseballkappe mit einem Nackentuch. Um seinen Oberkörper wand sich der Tragegurt einer Tasche, die ebenfalls schwer und voll beladen aussah. Er sah aus, als wolle er auf eine Dschungelexpedition gehen. Als er ihre erstaunten Blicke sah, zuckte er mit den Schultern.

»Ich konnte euch doch nicht allein gehen lassen«, erklärte er unglücklich. »Können wir jetzt los, bevor ich es mir noch mal anders überlege?«

»Und was glauben unsere Eltern jetzt, wo wir sind?«, fragte Fynn.

»Meine Oma deckt uns«, murmelte Cornelius. »Ich hab ihr die Wahrheit darüber gesagt, was ihr vorhabt, und sie hat gemeint, wenn ich nicht bei dieser Sache mitmache, dann würde sie an meiner Stelle gehen.«

»Ganz schön ritz, dass du doch mitkommst«, sagte Lena. »Muss man dir lassen, Alter.«

Hanselmann grinste auf einmal. »Nur an eines hast du nicht gedacht, Superhirn. Deine ganze Indiana-Jones-Ausrüstung hättest du dir sparen können. Hier sind Klamotten für euch. Zieht euch um!«

Cornelius fragte erstaunt: »Sie haben auch für mich welche?«

»Es bestand eine Fifty-fifty-Chance, dass du kein so großer Feigling bist, wie ich zuerst dachte«, erklärte Hanselmann.

»Na, prima«, sagte Cornelius.

»Wer ist Indiana Jones?«, wollte Lena wissen.

Hanselmann seufzte. »Glaubt mir, der wäre genau der Richtige für die Reise, die ihr vorhabt. Aber stattdessen ...«

»Was?«, fragte Fynn scharf.

»Euer Uropa hat nicht nur das erste Rätsel in den Brief geschrieben, sondern auch, dass euch vor Ort jemand helfen wird.«

»Wer soll das sein?«

»Es heißt nur, ihr werdet ihn erkennen.«

»So was hasse ich!«, rief Lena aus. »Wieso kann er nicht einfach den Namen hinschreiben?«

10

Wenig später drängten sich die vier dicht nebeneinander auf der Sitzbank. Der Ring der Zeitmaschine umspannte sie. Fynn und Cornelius trugen schwere Hosen, Hemden und Jacken aus einem groben Material in dunklen Braun-, Blau- und Grüntönen. Auf Cornelius' Kopf saß ein komischer Hut, der aussah, als könnte er dem Sänger Pharell Williams gefallen. Die beiden Mädchen hatten Kleider an, die oben am Hals schlossen und ihnen fast bis zu den Knöcheln reichten, darüber kurze Jäckchen und Kopftücher. Lena zupfte missmutig an ihrem herum.

Cornelius, der wie immer der Praktische von ihnen war, schien seine Angst für den Moment überwunden zu haben, und fragte: »Wohin reisen wir überhaupt?«

»Ha! Die richtige Frage muss lauten: Welches Rätsel müsst ihr lösen?«

»Na, endlich, ich dachte schon, Sie kommen niemals auf den Punkt«, stichelte Lena.

Hanselmann schenkte ihr einen derart langen und intensiven Blick, dass Lena schließlich die Augen senkte und sich selbst für ihre vorlaute Klappe verfluchte. »How is your English?«, fragte er dann.

Die Kinder sahen ihn ratlos an. Schließlich sagte Lena: »Mine is more good than the others, I think.”

»Es heißt nicht more good, es heißt better«, sagte Hanselmann verächtlich. »Ich seh schon, Ihr werdet prima zurechtkommen.«

»Was soll das mit dem Englisch?«, fragte Franzi.

»Euer Reiseziel ist Schottland.« Hanselmann begann an Hebeln zu ziehen, an Knöpfen zu drehen und Skalen zu verstellen. »Das Datum ist der 22. April 1934.«

»Schottland? Aber wir können nicht alle Englisch!«, rief Fynn.

»Macht nix, die Schotten versteht man sowieso nicht, wenn man kein Schotte ist.« Hanselmann grinste mitleidlos. »Was eure Aufgabe betrifft ...«

Cornelius holte tief Luft. Fynn konnte ihm ansehen, dass er eine Ahnung hatte. »Sagen Sie bloß nicht Loch Ness«, japste er.

»Bravo, Superhirn.«

»Wer ist Loch Ness?«, fragte Lena.

»Nicht wer, sondern was. Loch Ness ist ein See im schottischen Hochland«, sagte Cornelius. »Es gibt eine uralte Legende

MONSTER

zu diesem See.«

Er sah in die erwartungsvollen Gesichter seiner Freunde und fragte unsicher: »Ihr habt doch schon mal davon gehört, oder?«

»Haben sie nicht«, knurrte Hanselmann. »Die verlassen sich alle auf dich, Superhirn. Also sag's ihnen! Erzähl ihnen ... von dem Monster!«

»Monster?«, kreischte Lena.

»Es heißt«, Cornelius seufzte, »dass in dem See ein Ungeheuer lebt. Seit vielen hundert Jahren wird es immer wieder mal gesehen – aber keiner hat es je gefangen oder aus der Nähe betrachten können. Es gibt ein paar Fotos, aber auf denen kann man nicht viel erkennen. Ein Kopf auf einem langen Hals, der aus dem Wasser ragt ... oder eine riesige Schwanzflosse ... aber es könnte auch alles Mögliche andere sein, oder ein Trick, um die Leute reinzulegen. Das Merkwürdige daran ist, dass es diese Geschichten schon gab, als noch niemand es cool fand, irgendwas zu erfinden, um damit in die Zeitungen zu kommen. Irgendwas Wahres muss also dran sein. Aber es gibt bisher null Beweise. Man hat den See schon mit U-Booten durchfahren und nichts gefunden.«

»Hat das Monster schon mal jemanden gefressen?«, rief Lena.

»Nur einmal«, murmelte Cornelius. »Aber das war vor fünfhundert Jahren. Und es waren nur drei Leute.«

»Ich will hier raus«, sagte Lena. »Sofort!«

»Zu spät«, sagte Hanselmann, der wieder den Brief konsultierte. »Das ist eure Aufgabe: Findet heraus, ob es das Monster wirklich gibt – und was es ist. Gute Reise.«

»Aber warum ausgerechnet der 22. April 1934 ...?«, stieß Fynn hervor.

Hanselmann antwortete nicht – oder wenn, dann hörten sie es nicht mehr. Er hatte an dem größten Hebel von allen gezogen.

SSSSSSSHHH-ZAMM!

Die vier Kinder hatten plötzlich das Gefühl zu fallen. Sie wurden auf den Kopf gestellt und dann wieder in die Höhe geschleudert, als hätten sie Tickets für das Skyfall auf dem Oktoberfest gekauft.

Und dann war alles wieder ruhig und still. Sie befanden sich im Freien, um sie herum war Nacht, Frösche quakten und ein kalter Seewind wehte.

Im Land des Ungeheuers

11

Lena brach das Schweigen als Erste.

»Ich glaub, ich muss kotzen«, sagte sie und würgte. Obwohl es kühl war, brach ihr der Schweiß aus.

»Das war vielleicht cool!«, rief Cornelius begeistert. »Wuhuuu!« Er räusperte sich, als alle ihn vorwurfsvoll anblickten. Selbst in der Dunkelheit konnte er erkennen, dass die Gesichter seiner Freunde ganz grün aussahen. »Mir kann's nicht wild genug gehen auf einem Fahrgeschäft«, erklärte er dann etwas kleinlaut.

»Wir sitzen aber nicht in einem Fahrgeschäft, sondern in einer Zeitmaschine«, sagte Fynn trocken.

»Ich hab mir vorgestellt, es wäre eine Achterbahn, damit ich weniger Angst habe«, gestand Cornelius.

Sie wanden sich alle unter dem Ring hervor und blickten sich um. Lenas Übelkeit verging so schnell, wie sie gekommen war. Die Maschine stand zwischen den Überresten einer Mauer auf einem Hügel. Tief unten lag auf einer Seite des Hügels eine schimmernde Wasserfläche. Zur anderen Seite erstreckte sich Dunkelheit. In einiger Entfernung sahen sie einige hell erleuchtete Fenster – ein Bauernhof oder eine kleines Dorf. Mehr konnte man in der Finsternis nicht erkennen. Sie drehte sich einmal um sich selbst.

»Nicht grade viel los hier«, meinte sie. »Wer weiß, wo wir sind?«

»Schottland?«, riet Franzi.

»Haha. Hanselmann hat uns doch nach Schottland geschickt. Gut geraten!«

»Hanselmanns Uropa wollte auf die andere Seite einer Mauer und kam in Azincourt raus«, gab Fynn zu bedenken. »Wir können nur hoffen, dass wir auch wirklich dort angekommen sind, wo wir hinsollten.«

»Und zur richtigen Zeit«, ergänzte Cornelius.

»Super!«, knurrte Lena. »Grade ging's mir noch gut, und dann sagt ihr sowas.«

Cornelius atmete tief durch. Mittlerweile hatten seine Augen sich an die Dunkelheit gewöhnt. Er sah den Umriss eines alten, halb verfallenen Turms auf dem höchsten Punkt des Hügels. »Wenn das hier eine Burgruine ist und das da unten der Loch Ness, dann befinden wir uns in Burg Urquhart.«

»Örkardt?«, wiederholte Lena. »Und wo bitte soll hier 'ne Burg sein?«

»Es ist eine Burg*ruine*«, ergänzte Cornelius. »Sie steht am Nordwestufer des Loch Ness ... glaube ich. Wenn ich gewusst hätte, dass wir hierher müssen, hätte ich vorher alles gegoogelt.«

»Dann tu's halt jetzt«, schlug Fynn vor.

Cornelius zog sein Smartphone aus der Tasche. Hanselmann hatte ihm geraten, es zurückzulassen, aber Cornelius von seinem Smartphone zu trennen war so gut wie unmöglich. Er wischte auf dem Bildschirm herum. Sein Gesicht, das von der kleinen Mattscheibe beleuchtet wurde, zog sich in die Länge. »Na toll.«

»Was ist?«

»Wir sind auf jeden Fall nicht mehr in unserer Zeit«, erwiderte Cornelius. »Kein Empfang.« Er wischte erneut über den Bildschirm. Die Lampe auf der Rückseite des Telefons leuchtete auf. »Das ist das Einzige, wozu das Ding hier gut ist – als Taschenlampe.«

»Noch was steht fest«, meinte Fynn. Er deutete zum Himmel hinauf, der von Sternen übersät war. »Kein Mond zu sehen. Wir haben Neumond. Die Maschine hat funktioniert.«

»Jedenfalls, was das betrifft«, gab Lena ihm recht.

»Dort drüben sind Lichter. Gehen wir hin und fragen die Leute einfach«, schlug Franzi vor.

»Und was willst du fragen?«, erkundigte sich Lena. »Entschuldigen Sie die Störung, aber könnten Sie uns vielleicht sagen, wo wir hier sind und ... äh ... welches Datum heute ist?«

»Wenn du das auf Englisch sagen kannst ...« Fynn grinste.

»Und die Zeitmaschine?«, fragte Cornelius. »Wenn die jemand entdeckt und wegschafft, sind wir geliefert. Dann kommen wir nie mehr zurück!« Seine Stimme war bei den letzten Worten ganz schrill geworden. Er versuchte die Angst zu verdrängen, die wieder in ihm hochkriechen wollte.

»Wir verstecken sie. Lasst uns nach einer Höhle oder so was suchen!«

Sie fanden einen kurzen, niedrigen Gang, der unter einem

Haufen Steine schräg nach unten führte. Der Haufen Steine musste irgendwann einmal eines der Burggebäude gewesen sein. Am Ende des Ganges entdeckten sie im Schein von Cornelius' Handy-Lampe einen Holzverschlag, vor dem ein altes, rostiges Vorhängeschloss hing. Wenn sie die Zeitmaschine hier herunterschaffen konnten, würde sie von draußen nicht zu sehen sein. Aber wie sollten sie das Ding so weit schleppen? Es war wahrscheinlich so schwer wie ein Auto!

Fynn fand den Verschlag mit dem Schloss davor merkwürdig. Was wurde hier in der abgelegenen Burgruine aufbewahrt, und warum musste es weggeschlossen werden? Aber er kam nicht dazu, weiter darüber nachzudenken. Sie mussten die Zeitmaschine verstecken, und die Stelle hier war ideal.

»Wieso ist das Ding überhaupt mit uns hierhergereist?«, fragte Lena. »Hat Vidocq damals den Erfinder nicht aus der Vergangenheit zurückgeholt, indem er an einem Hebel zog? Dann muss die Zeitmaschine doch zurückgeblieben sein.«

»Aber Hanselmann hat auf Vidocqs Geheiß weiter daran rumgebastelt«, erklärte Cornelius. »Und es ergibt ja auch Sinn, dass die Zeitmaschine mit in die Vergangenheit reist; sonst strandet der Zeitreisende dort und kann nicht mehr zurück. Hanselmann hatte Glück, dass Vidocq damals den Hebel zog!«

»Jedenfalls sollten wir die Zeitmaschine verstecken«, fasste Fynn zusammen und griff nach dem Ring.

»Wiegt weniger als mein Nachttisch«, sagte Cornelius wenig später verblüfft. Gemeinsam trugen sie die Zeitmaschine und waren alle total verwundert, wie leicht der Apparat war. Sie schafften ihn in den Gang hinein und stellten ihn vor dem Holzverschlag ab. Danach machten sie sich auf den Weg in Richtung der Fenster, hinter denen Licht brannte.

Fynn drehte sich noch einmal zu dem Verschlag um und betrachtete ihn nachdenklich. Dann zuckte er mit den Schultern und folgte den anderen.

12

Die Lichter gehörten nicht zu einem Bauernhof und auch nicht zu einem Dorf. Das Gebäude, um das sich mehrere weitere Häuser gruppierten, war ein Pub – eine Kneipe, in die man ging, um ein oder zwei Bier zu trinken und höchstens eine Kleinigkeit zu essen. Der Pub befand sich an einer Landstraße, der die Kinder die letzte Viertelstunde gefolgt waren. Die Straße machte hier eine scharfe Kurve nach rechts, und der Pub stand genau im Knick. Seine hell erleuchteten Fensterscheiben warfen gelbe Rechtecke auf den groben Straßenbelag und auf ein großes Schild, das an der Hauswand befestigt war.

»Bridgend Pub«, las Lena. »Die Kneipe am Ende der Brücke.« Tatsächlich führte die Straße direkt neben dem Pub über eine kleine Brücke. Sie hörten einen Bach darunter gluckern. Weiter vorn waren sie auch schon über eine Brücke gekommen, die über

ein deutlich breiteres Gewässer geführt hatte. Sie hatten im Dunkeln die geduckten Umrisse von Fischerkähnen und die Masten von Segelbooten erkannt.

Es gab nur unmittelbar vor dem Pub ein paar Straßenlaternen. Ansonsten lag die Straße vollkommen im Dunkeln. Cornelius starrte fasziniert in die Finsternis.

»Seht euch bloß mal die Autos an!«, keuchte er.

Das Licht der letzten Straßenlaterne beleuchtete mindestens ein Dutzend Fahrzeuge, die achtlos am Straßenrand geparkt waren. Lena konnte wuchtige, eckige Formen ausmachen, elegant geschwungene Kotflügel, den Schimmer von weißwandigen Reifen mit offenen Speichen, rote, grüne und blaue Lackierungen. Dazwischen stand ein Pferdefuhrwerk mit hohen Speichenrädern, an das wiederum mehrere Fahrräder angelehnt waren. Das Pferd stand mit hängendem Kopf in der Deichsel, einen Futtersack vorgebunden.

»Wir haben anscheinend den hiesigen Ausgehtag erwischt«, sagte Franzi.

»Fragt sich, welchen Tag wir überhaupt erwischt haben«, murmelte Fynn.

»Wenn es der 22. April 1934 ist, haben wir folgenden Wochentag …«, begann Cornelius und wischte über den Monitor seines Smartphones, nur um es gleich darauf unverrichteter Dinge wieder sinken zu lassen. »Ach, Mensch!«

»Wir werden wohl wirklich jemanden fragen müssen – ganz wie früher«, sagte Lena und grinste.

»Ja, wie in der Steinzeit«, maulte Cornelius.

Hinter dem dicken Fensterglas des Pubs schimmerte goldenes Licht. Man konnte erkennen, dass die Wirtschaft voller Leute sein musste. Stimmengewirr drang heraus, Lachen, Rufe, Gespräche, aber auch Streitereien. Die vier sahen sich unsicher an. Fynn fühlte, wie ihm schwindlig wurde. Wenn sie wirklich im Jahr 1934 herausgekommen waren, dann würden sie jetzt gleich … dann würden sie jetzt gleich Menschen treffen, die vor achtzig Jahren gelebt hatten! Fast alle von ihnen würden in der Gegenwart der Kinder längst tot sein.

Die anderen sahen ihn abwartend an. Er wechselte einen Blick mit Franzi. »Lena«, sagte er. »Du musst reden. Du kannst am besten Englisch.«

»Frag mal Hanselmann, ob er das auch denkt«, erwiderte Lena, doch sie klang nicht aufgebracht, sondern eher kleinlaut. Sie räusperte sich.

Aber bevor sie die paar Stufen zur Eingangstür des Pubs hinaufstapfen konnten, flog die Tür auf, und zwei Männer kamen heraus. Sie beachteten die Kinder nicht. Fynn, Franzi, Lena und Cornelius traten unwillkürlich einen Schritt zurück. Die beiden Männer stritten wütend miteinander.

»Ich sage dir, das ist vollkommener Humbug!«, rief der eine der Männer. »Reine Zeitverschwendung, überhaupt herzukommen. Loch Ness ... das Zentrum von Nirgendwo! Aber nein, du musstest dich ja auf den Chef draufknien, bis er uns hierhergeschickt hat. Ich könnte jetzt in Edinburgh mit Fiona irgendwo beim Abendessen sitzen, anstatt hier nach einem verdammten Monster Ausschau zu halten!«

Der zweite Mann war nicht weniger verärgert als der erste. »Abendessen mit Fiona!«, rief er verächtlich. »Ins Konzert mit Ainslie! Segeln gehen mit Lindsey! Du denkst nur an deine Weibergeschichten. Denk doch mal nach, du Narr. Wenn wir die ersten sind, die das Ungeheuer sichten – wenn wir auch noch ein Foto machen können, auf dem man wirklich was sieht, nicht wie das verwackelte Ding, das die Bauerntrottel hier geschossen haben! –, dann werden wir unsterblich! Und die Zeitung mit uns! Die werden uns befördern! Wir werden einen Preis erhalten! Den Pulitzerpreis, wenn wir auch nur ein bisschen Glück haben! Stell dir vor, wie die Titelseite des Edinburgh Echo aussehen wird:

›Höchste und wichtigste Auszeichnung für Journalisten nach Edinburgh gegangen! Pulitzerpreis für beste Reportage über das Ungeheuer vom Loch Ness! Unsere besten Reporter ausgezeichnet!‹« Der zweite Mann fuchtelte mit weit ausholenden Gesten in der Luft herum. »Danach kannst du einen Terminkalender führen, damit du mit deinen Weibergeschichten nicht durcheinanderkommst, so werden dir die Mädels nachrennen.«

Der andere Reporter ließ sich nicht überzeugen. Er deutete mit dem Daumen über die Schulter. »Da drin hocken dreißig Kollegen und warten auf genau die gleiche Chance«, brummte er. »Und träumen vom Wolkenkuckucksheim wie du!«

»Umso wichtiger, dass wir uns auf den Job konzentrieren, statt ständig rumzujammern! Dann kommen uns die anderen nicht zuvor.«

»Außerdem trau ich diesem glatten Stück Hundekot nicht übern Weg!«, knurrte der erste Reporter.

»Wem? Artie Palmer? Komm schon – du kannst nicht leugnen, dass der Mann was gesehen hat. Ein Monster! Er hat sogar beschrieben, wie es das Maul auf- und zugeklappt hat. Du hast ihn doch erlebt heute Nachmittag. Immer noch total verängstigt. Und seine Begegnung mit dem Ungeheuer ist schon ein Jahr her!«

»Ach, wer redet von Artie Palmer? Der Kerl ist ein armer Fischer auf dem Loch Ness und ein Halbidiot. Was immer der gesehen hat letztes Jahr, er glaubt wenigstens wirklich dran. Nein, ich meine diesen englischen Angeber aus London, den Großwildjäger, den die Times extra hergeschickt hat.«

»Marmaduke Wetherell?« Der zweite Reporter spuckte auf den Boden. »Der ist allerdings wirklich ein Ekelpaket.«

»Und tut so, als wäre er der Einzige, der alles über das Ungeheuer weiß. Will sogar Spuren gefunden haben, als er letzten Dezember zum ersten Mal hier war! Pah, Spuren! Jeder kann die Spuren eines Ungeheuers nachmachen, das noch nie jemand gesehen hat – weil nämlich auch keiner weiß, wie seine Spuren aussehen!«

»Trotzdem – wenn wir ein Foto von dem Monster schießen und die Ersten sind, die damit rauskommen …!«

»Heiliger Jesus Christus, du bist so leichtgläubig wie meine Oma!«

Zankend und wild diskutierend stapften die beiden Männer zu den geparkten Autos. Die vier Kinder schwiegen wie betäubt, bis sie das Schlagen von zwei Autotüren hörten und kurz darauf das Orgeln eines Motors. Zwei Scheinwerfer glitten über die Straße, dann war der Wagen auch schon um die Ecke gebogen.

Schließlich schüttelte sich Lena und sagte: »Das ist doch …«

»…ritz«, sagte Fynn.

»Sogar monsterritz«, bestätigte Franzi.

Cornelius schwieg. Er kratzte sich am Kopf. Dann sagte er doch etwas. »Ich kann auf einmal Englisch.«

»Schottisch«, widersprach Lena.

»Ich hab die beiden verstanden, als ob sie Deutsch geredet hätten!«, stieß Cornelius hervor. »Glaubt ihr, dass die Zeitmaschine das verursacht hat?«

»Ich hoffe, das hält an bis zur nächsten Englischarbeit«, sagte Lena.

Franzi sagte: »Ich glaub, die Maschine kann viel mehr, als Hanselmann weiß – oder als Hanselmanns Uropa und Vidocq jemals ahnten.«

»Stellt euch vor, die Maschine hätte uns in die Steinzeit geschickt!«, rief Lena begeistert. »Was würden wir dann wohl für eine Sprache verstehen? Uunnngfff? Örrrrks?« Sie schob den Unterkiefer vor und gab sich Mühe, wie ein Steinzeitmensch auszusehen.

Fynn rollte mit den Augen, konnte sich aber trotzdem ein Grinsen nicht verkneifen. In diesem Moment öffnete sich die Tür des Pubs erneut, und der Lichtschein vom hell erleuchteten Inneren fiel genau auf sie. Ein Mann trat mit einem Eimer heraus, kam die Stufen herunter und schüttete den Inhalt des Eimers in den Straßengraben. Dann blickte er zu ihnen herüber, stutzte und rief: »Hey! Was sucht ihr denn hier?«

13

Jetzt wird sich zeigen, was die Maschine wirklich kann, dachte Fynn. Er schluckte und sagte dann: »Wir ... wir sind mit unseren Eltern hier zu Besuch, aber wir haben uns zu lange bei der Burgruine aufgehalten und suchen sie jetzt.« Er hatte einfach Deutsch gesprochen.

Der Mann grinste und winkte sie heran. »Sind eure Eltern auch unter den Monsterjägern?«, fragte er.

Erneut blickten sich die vier verblüfft an. Sie konnten nicht nur Schottisch verstehen, sie konnten es auch sprechen! Und das, ohne es zu merken. Die Maschine war phänomenal. Oder, wie Lena sagen würde ...

»Monster-super-über-ritz«, murmelte Lena.

Der Mann war eigentlich gar kein Mann, sondern ein Junge, nicht viel älter als Lena. Er hatte eine Leinenschürze umgebunden und lächelte sie neugierig an.

»Monsterjäger?«, fragte Franzi.

Der Junge deutete hinter sich. »Der ganze Pub ist voller Typen, die das Ungeheuer aus dem See sehen wollen – oder fotografieren – oder fangen – oder erschießen – oder was weiß ich, Hauptsache, sie können die Belohnung einsacken.«

»Welche Belohnung?«, fragte Fynn.

»Na, die Belohnung, die letztes Jahr von Herrn Mills ausgesetzt worden ist – zwanzigtausend Pfund! Das ist ein Vermögen!«

»Wer ist Herr Mills?«

»Ein Zirkusdirektor aus London. Er war letztes Jahr in der Gegend, als Artie Palmer überall herumlief und erzählte, er hätte im See ein Ungeheuer gesehen. Herr Mills sagte, er wolle das Ungeheuer in seinem Zirkus ausstellen, und wer es fangen und ihm bringen würde, wäre zwanzigtausend Pfund reicher. Heiliger Jesus, so viel Geld könnte ich im ganzen Leben nicht ausge-

ben.« Der Junge musterte sie. »Ich bin übrigens Angus. Angus Campbell. Meinem Pa gehört der Pub.«

Die vier stellten sich ebenfalls vor. Cornelius fragte sich, wie ihre Namen wohl für den jungen Schotten klingen mussten. Doch Angus zuckte nicht mit der Wimper.

»Also, wenn eure Eltern auch Monsterjäger sind, will ich nichts Schlechtes gesagt haben«, erklärte Angus.

»Nein ... äh ...«, stotterte Fynn. »Unsere Eltern sind ...«

»… Touristen«, fiel Lena ein. »Wir machen Urlaub hier.«

»Urlaub? Hier? Am Loch Ness?« Angus sah Lena an, als hätte sie nicht alle Tassen im Schrank. »Wer kommt denn hierher zum Urlaubmachen? Wenn meine Familie es sich leisten könnte, würden wir unsere Ferien aber woanders verbringen! Na, also jedenfalls, die Monsterjäger … wenn ihr mich fragt, die haben allesamt eine Murmel zu wenig in der Sammlung.« Der Junge tippte sich an die Stirn.

»Warum sagst du so was?«, fragte Cornelius.

»Weil es kein Ungeheuer im See gibt.«

»Aber es gibt doch Berichte, die ewig weit zurückreichen«, widersprach Cornelius. »Das Monster soll sogar mal drei Leute gefressen haben, vor über fünfhundert Jahren.«

Angus' Gesicht verschloss sich plötzlich, und sein Lächeln verschwand. »Wo hast du das denn her?«, fragte er misstrauisch.

»Aus Wikipedia«, erklärte Cornelius und biss sich gleich darauf auf die Zunge. Verdammt! Wie sollte er nun erklären, was Wikipedia war? Es würde erst in fast siebzig Jahren erfunden werden!

»Wikipedia? Nie gehört. Wo ist das?«, fragte Angus.

»Äh … das ist da, wo Cornelius lebt«, erklärte Franzi. Cornelius war erleichtert, dass Franzi die Ausrede eingefallen war, hatte aber zugleich das Gefühl, dass eine Doppelbedeutung dahintersteckte, die nicht besonders schmeichelhaft für ihn war.

»Es gibt kein Ungeheuer im Loch Ness«, erklärte Angus schroff. »Egal, was sie da reden, wo du herkommst.«

»Ich wollte nicht …«, begann Cornelius.

Aus dem Pub rief eine laute Männerstimme: »Angus! Wo steckst du, Faulpelz? Bist du in den See gefallen?« Vielstimmiges Gelächter folgte.

»Ich muss wieder rein«, sagte Angus. Cornelius hatte den Eindruck, dass er sich auch nicht mehr mit ihnen unterhalten hätte, wenn er nicht hineingerufen worden wäre. Er wandte sich ab. »Ich glaub nicht, dass eure Eltern hier sind. Hier drin sind nur Zeitungsleute und Spinner.«

»Warum sind eigentlich jetzt so viele ... Spinner ... hier?«, fragte Franzi. »Ich dachte, das Monster wäre schon voriges Jahr gesehen worden?«

Angus sah sie über die Schulter hinweg mit noch größerem Misstrauen an. »Was ist das für eine blöde Frage? Weil es vor Kurzem angeblich wieder gesehen worden ist! Jemand aus Inverness soll es sogar fotografiert haben. Alles Bockmist!« Er machte Anstalten, im Pub zu verschwinden.

»Warte mal, Angus«, rief Fynn. »Welches Datum haben wir heute?«

Angus blinzelte. Er bemühte sich gar nicht mehr, so zu tun, als hielte er die vier nicht für völlig schräg. »Den 22. April«, schnappte er. »Was ist los mit dir? Warst du im Winterschlaf?«

»Und ... äh ... welches Jahr?«, fragte Franzi nach.

Angus schüttelte den Kopf. Franzi wusste, dass er sie nun für völlig bekloppt hielt. »1934«, erwiderte der Junge genervt. »Nach Christus. Sonst noch blöde Fragen?« Er betrat den Pub und schlug die Tür hinter sich zu. Lauter, als nötig gewesen wäre.

Lena grummelte: »Was ist dem denn auf einmal über die Leber gelaufen?«

»Wenigstens hat uns die Zeitmaschine richtig abgesetzt«, sagte Fynn. Er fühlte sich erleichtert, obwohl er sich zugleich Gedanken über das plötzlich veränderte Benehmen Angus' machte.

»Er wurde komisch, als Cornelius die alten Berichte über das Ungeheuer erwähnte«, sagte Franzi nachdenklich. »Als ob es ihm nicht recht wäre, dass Cornelius sie kannte.«

»Seltsam«, sagte Franzi. »Die haben die Bude voller Journalisten und Neugieriger wegen des Ungeheuers, und trotzdem scheint es ihnen nicht zu passen, dass jemand genauer über das Ungeheuer Bescheid weiß. Irgendwas passt da nicht zusammen.«

»Und was jetzt?«, fragte Lena.

»Angus sagte, jemand aus Inverness habe das Ungeheuer dieses Mal fotografiert. Wir müssen diesen Fotografen finden!« Fynn drehte sich einmal um sich selbst. »Fragt sich nur: Wie kommen wir nach Inverness?«

In diesem Moment kam ein Auto aus der Richtung angefahren, in der die beiden Reporter des Edinburgh Echo soeben verschwunden waren. Die Kinder traten von der Straße. Das Auto war ein eckiges Gefährt wie alle anderen, mit einer langen Motorhaube, einer großen Fahrerkabine und geschwungenen, breiten Kotflügeln, auf denen zwei klobige Scheinwerfer saßen wie die Augen eines Froschs. Es rollte vor dem Pub aus. Der Motor stotterte und verstummte. Dann öffneten sich die Türen. Zwei Männer stiegen aus, streckten sich und setzten sich Mützen auf, die wie Kapitänsmützen aussahen. Sie trugen Uniformen und an den Jackenärmeln weiße Überzüge von den Handgelenken bis zu den Ellbogen. Gemeinsam stapften sie die Stufen hinauf und betraten den Pub. Den Kindern warfen sie nur einen flüchtigen Blick zu.

Fynn trat beiseite, bis er einen Blick auf das Heck des Fahrzeugs werfen konnte. Er schluckte. Im hinteren Fenster war ein Schild befestigt. In weißer Schrift, erhellt durch das Licht, das durch die Fenster des Pubs darauffiel, stand dort: STOP! POLICE.

14

Die Polizisten kamen schon nach kurzer Zeit wieder heraus. Ein Mann mit einer Schürze war bei ihnen. Er war offensichtlich der Wirt. Dahinter lungerte Angus herum.

»Sorry, Jungs, aber ihr seid zu spät gekommen«, sagte der Wirt zu den Polizisten. Es klang genervt.

»Hauptsache, die Schlägerei konnte verhindert werden«, erklärte einer der Polizisten.

»Ja, und nicht durch euer Verdienst. Wofür zahl ich Steuern, wenn die Polizei das eine Mal im Jahr, wenn man sie braucht, nicht kommt?«

»Mensch, Alan, komm mal wieder runter. Drumnadrochit und das Brigdend Pub sind nicht das Zentrum der Welt!« Auch der Polizist klang nun genervt.

»Aber hier sind zurzeit alle Spinner der Welt und schlagen sich gegenseitig die Köpfe ein wegen des Monsters!« Der Wirt sagte das Wort ›Monster‹ mit einem abfälligen Unterton.

»Nicht solche Spinner wie der, den wir in Inverness verhaftet haben«, erwiderte der Polizist. »Seinetwegen konnten wir nicht eher kommen.«

»Na gut, Jungs.« Der Wirt seufzte. »Tut mir leid, dass ihr jetzt umsonst rausgefahren seid.«

»Keine Ursache. Gut, dass du die Streiterei selbst schlichten konntest.«

»Ja, dem heiligen Andreas sei Dank. Die zwei Idioten vom Edinburgh Echo sind zum Glück ohne großen Aufstand gegangen, als ich sie rausgeschmissen hab. Dafür bin ich auf ihrer Zeche sitzen geblieben.«

»Dann fahren wir mal wieder zurück nach Inverness, Alan. Wenn wir nächstes Mal außer Dienst bei dir sind, kannst du uns ja ein Bier spendieren.«

»Immer zu Diensten«, sagte der Wirt säuerlich.

»Die fahren nach Inverness«, flüsterte Fynn. »Vielleicht nehmen sie uns mit!«

»Bist du verrückt?«, flüsterte Lena. »Das sind Polypen!«

»Na und? Gerade die werden uns helfen.«

»Aber das sind Bullen!«, versuchte es Lena erneut.

Franzi rollte mit den Augen. »Du siehst zu viele Krimis, Lena! In echt sind die Polizisten die Guten, nicht die Bösen!«

Lena schnaubte zweifelnd. Doch die Diskussion erübrigte sich ohnehin, denn Angus redete plötzlich los. »Übrigens, Officer – weil wir gerade von Spinnern reden ... Sehen Sie sich die vier dort mal an!«

Angus zeigte mit dem Finger auf sie. Die Kinder zuckten erschrocken zusammen und starrten ihn fassungslos an.

»Die behaupten, sie suchen ihre Eltern«, plapperte Angus weiter. »Die sind aber weit und breit nicht zu sehen. Ist doch merkwürdig, Officer, oder?«

»Stimmt das?« Die Polizisten kamen zu den Kindern herüber. »Habt ihr Ausweise?«

»Die kommen garantiert aus Schweden!«, rief Angus. »Aus einem Kaff namens Wikipedia. Wo die Wikinger herkommen, oder?«

»Ausweise?«, fragte der Polizist noch einmal. Er sah ungeduldig aus.

Fynn fühlte, wie Lena ihm den Ellbogen in die Rippen stieß. Er wusste, was es bedeuten sollte: Siehst du, ich hatte recht mit den Polizisten!

»Versteht ihr Englisch?«

»Ja, Officer«, sagte Franzi, weil die anderen schwiegen.

»Kommt ihr aus Schweden?«

»Nein, wir ... äh ... unsere Eltern machen hier Urlaub ...«

»Urlaub? Hier?« Der Polizist schüttelte den Kopf. »Das hab ich ja noch nie gehört. Und wo sind eure Eltern jetzt?«

Fynn holte tief Luft und sagte: »Die sind nach Inverness vorgefahren. Wir sollten nachkommen.«

»Vorgefahren? Nach Inverness sind es gute vierzehn Meilen! Solltet ihr die zu Fuß laufen?«

»Sie haben sich nach dem Monster erkundigt!«, rief Angus.

»Angus, halt dich da raus«, knurrte der Polizist, ohne sich zu dem Jungen umzudrehen. »Geh lieber rein, und hilf deinem Pa. Jeder erkundigt sich zurzeit nach dem verdammten Monster.«

»Aber sie haben Sachen gewusst, die sonst kaum jemand ...«

»Angus, hast du nicht ein paar Gläser zu spülen?« Die Stimme des Polizisten klang jetzt ziemlich gereizt.

Angus zog ein Gesicht, aber er wandte sich ab und schlurfte ins Innere des Pubs. Die beiden Polizisten wandten sich wieder den Kindern zu. Cornelius schluckte. Er spürte, wie er feuchte Hände bekam, und obwohl er wusste, dass sie nichts Schlimmes getan hatten, fühlte er sich unter dem Blick der beiden Beamten schuldig.

Lena wippte neben ihm ungeduldig auf den Zehenballen, und er hoffte, dass sie den Mund hielt und die Polizisten nicht irgendwie beleidigte. Wenn sie wütend war, dachte sie manchmal nicht nach, bevor sie etwas sagte.

»Nehmen wir sie mit zur Wache«, sagte der zweite Polizist. »Dann können wir überprüfen, ob ihre Geschichte stimmt. Wie Rumtreiber sehen sie jedenfalls nicht aus.«

Cornelius gab einen erschrockenen Laut von sich. Sie saßen in der Falle! Auch die anderen drei sahen entsetzt aus.

»Wir können hier nicht ewig rumstehen. Wir müssen uns auch noch um den Kerl kümmern, den wir in Inverness aufgelesen haben. Vielleicht haben die Kollegen schon rausgefunden, ob er wirklich ein Kollege aus Paris ist, wie er behauptet.«

»Ein Polizist aus Paris, der Klamotten trägt wie in einem alten Film, nur Französisch redet und sich aufführt, als käme er aus dem letzten Jahrhundert? Machst du Witze? Der Kerl ist der größte Spinner von allen!«

»Trotzdem müssen wir uns um seinen Fall kümmern.«

Fynn, der den Polizisten zugehört hatte, fühlte eine Ahnung in sich aufsteigen, die so stark war, dass er sie nicht verdrängen konnte. Er wechselte einen Blick mit Franzi. Seine Schwester sah ihn mit aufgerissenen Augen an und nickte unmerklich.

»Officer?«, sagte Fynn und schluckte einen Kloß hinunter. »Ich glaube, der Mann, den sie verhaftet haben, ist … äh … ist unser … äh … Onkel! Ja. Unser Onkel aus Paris.« Er holte verzweifelt Luft und setzte alles auf eine Karte. »Unser Onkel Eugène.«

Die Polizisten gafften sie mit offenen Mündern an. »Der Irre ist euer Onkel?«

»Ja«, sagte Franzi mit fester Stimme. »Onkel Eugène. Eugène Vidocq. Er hat Ihnen doch sicher seinen Namen genannt.«

»Soweit wir ihn verstanden haben …«, sagte der erste Polizist.

»Villeneuve?«, fragte der zweite Polizist, der schlau sein wollte und sie auf die Probe stellte.

»Vidocq«, korrigierte Fynn und dachte bei sich: Da müsst ihr schon früher aufstehen, das war ja eine dämliche Falle.

»Los, nehmen wir sie mit! Alles Weitere klärt sich sicher auf der Wache.« Der eine Polizist stapfte zum Polizeiauto.

Der andere nickte. »Na los, rein mit euch. Ihr müsst euch zusammenquetschen, aber das geht schon. Und wehe, ihr verzapft hier irgendwelchen Bockmist! Dieser Verrü... dieser Vidocq soll wirklich euer Onkel sein?«

»Er hat einen komischen Kleidergeschmack«, sagte Franzi.

»Ich meine, hierzulande tragen die Männer ja beispielsweise Röcke«, mischte sich Lena feindselig ein.

»Hast du was dagegen, Mädel?«, fragte der Polizist scharf. Lena hielt seinem Blick ein paar Sekunden stand, dann wurde ihr doch mulmig. »Röcke sind cool«, murmelte sie.

Als sie im Auto saßen und auf der kurvenreichen Straße hin und her geworfen wurden – die Polizisten fuhren wie die Henker und außerdem auf der falschen Straßenseite! –, flüsterte Cornelius: »Onkel Eugène?«

»Was Besseres ist mir nicht eingefallen«, flüsterte Fynn zurück.

»Woher hast du überhaupt gewusst ... und wie soll das gehen ... wie kann Herr Vidocq in Inverness sein? Er ist doch auch in dieser Zeit schon fast hundert Jahre tot!«

»Ein Mann, der behauptet, Polizist zu sein, altmodische Klamotten trägt, aus Paris kommt und gleichzeitig mit uns hier auftaucht ...«, antwortete Franzi an Fynns Stelle. »Irgendwie lag das nahe, oder?«

»Das liegt überhaupt nicht nahe«, maulte Lena, »außer bei Zwillingen, deren Ur-Uropa der besagte Herr Vidocq ist!«

»Aber wie kann das sein?« Cornelius verschwendete keinen weiteren Gedanken daran, wie Fynn und Franzi darauf gekommen waren. Die Art und Weise, wie der geheimnisvolle Vidocq nach Inverness gekommen war, interessierte ihn viel mehr.

»Weiß ich auch nicht«, gestand Fynn. »Aber mal ehrlich, eigentlich kann es nichts von dem geben, was wir gerade erleben. Nur eins steht fest: Es besteht eine Verbindung zwischen Vidocq und uns. Vielleicht wird er automatisch dorthin versetzt, wo die Zeitmaschine uns hinschickt?«

»Aber er ist doch tot! Haben die Polizisten dann seinen Geist verhaftet, oder was?«

»Mensch, Cornelius, wart's doch einfach ab!«, zischte Lena. »Das klärt sich sicher alles in Inverness.«

»Wie schon der Officer sagte«, meinte Fynn und grinste.

15

Die Polizisten fuhren nicht zur Polizeistation, sondern zu einem Krankenhaus. Es war ein langgezogenes, einstöckiges Gebäude auf einem Hügel noch vor der Stadt, das von einer kleinen Mauer umgeben war. Rund um das Hauptgebäude standen ein paar kleinere Häuser. Fast alle Fenster waren erleuchtet, Krankenschwestern in weißen Kitteln oder in Nonnentracht hasteten hin und her. Über der Zufahrt hing ein Schild, das von zwei daneben baumelnden Lampen beleuchtet wurde: »Culduthel Hospital« war darauf zu lesen. Das Polizeiauto hielt neben einem klapprig

aussehenden Wagen. Der Schrotthaufen musste ein Krankenwagen sein. Man erkannte es an dem roten Kreuz an der Seite.

Auf einen Wink des Polizisten stiegen die Kinder aus und betrachteten neugierig das Gebäude. Die Fenster im Erdgeschoss des Hauptgebäudes waren vergittert. Vor einigen Fenstern im Obergeschoss hingen Bettlaken zum Trocknen. Man konnte sehen, dass sie fleckig waren und viele Ausbesserungen hatten. Franzi kam sich auf einmal vor, als hätte die Zeitmaschine sie viele hundert Jahre in die Vergangenheit versetzt und nicht nur gute achtzig. Das Einzige, was dieses Krankenhaus mit einem in ihrer Zeit gemeinsam hatte, war die hektische Betriebsamkeit, die kaum zwischen Tag und Nacht unterschied.

Einer der Polizisten zuckte mit den Schultern. Er musste ihre überraschten Mienen richtig gedeutet haben. »Inverness ist nicht

Edinburgh«, sagte er. »Wenn ihr was Besseres gewohnt seid, dann könnt ihr froh sein, dass wir euren Onkel nicht ins Muirfield Hospital zu den Irren gesteckt haben – wo er meiner Meinung nach hingehört.«

»Habt ihr in Paris schönere Krankenhäuser?«, fragte sein Kollege und sah sie dabei mit schmalen Augen an.

»Wir kommen nicht aus Paris«, sagte Fynn.

»Richtig, ihr kommt aus Schweden.«

Fynn erwiderte nichts darauf. War das ein neuer plumper Versuch gewesen, sie aufs Glatteis zu führen?

»Wie könnt ihr aus Schweden kommen, wenn euer Onkel aus Paris stammt?«, fragte der Polizist weiter.

»Wie könnt ihr Polizisten geworden sein, wenn ihr so dämliche Fragen stellt?«, murmelte Lena. Fynn wurde kalt vor Schreck. Wenn die Polizisten diese Unverschämtheit gehört hatten!

Doch in diesem Moment kam ein Mann in einem weißen Kittel aus dem Eingang des Krankenhauses und rief sofort: »Sergeant! Sie kommen gerade recht! Nehmen Sie den Kerl wieder mit, sonst, und das schwöre ich beim alten Donald MacDonald, verpasse ich ihm eine Spritze und versenke ihn im River Ness! Das hier ist ein anständiges Hospital und kein ... kein ... kein Asyl für Totalverrückte!«

»Was ist denn los, Doktor?«, fragte der eine Polizist.

»Der Bursche bringt mich zur Weißglut! Er gehört ins Irrenhaus! Er glaubt, wir hätten das Jahr 1802! Und dass Napoleon Bonaparte an der Macht wäre!« Der Arzt tippte sich an die Stirn.

»Normalerweise glauben die Irren, sie wären selbst Napoleon. Aber viel gesünder ist der Kerl auch nicht. Ich bin froh, dass ich kaum Französisch verstehe, sonst müsste ich mir noch viel mehr Quatsch anhören.«

Die Polizisten musterten die Kinder argwöhnisch. Fynn und Franzi waren nun absolut überzeugt, dass es sich bei dem geheimnisvollen Mann um Eugène Vidocq handeln musste. Vidocqs Geist hatte ihnen eine Hilfe vor Ort versprochen. Doch sollte etwa sein früheres Ich diese Hilfe sein? Jemand, der sich so benahm, dass alle anderen ihn für verrückt hielten? Franzi ahnte, dass ihre Probleme erst anfingen.

»Und der Irre soll euer Onkel sein?«, fragte einer der Polizisten zweifelnd.

»Er ist ein bisschen schrullig«, erwiderte Fynn lahm.

»Wie sehen Sie das, Doktor?«, fragte der Sergeant.

»Von mir aus ist er der Onkel von König George, solange nur jemand dafür sorgt, dass ich ihn loswerde«, erklärte der Arzt.

»Können wir die Kinder zu ihm bringen?«

»Ich bring den Burschen jederzeit hier raus – und sperr dann die Eingangstür zu, damit er nicht wieder reinkann«, sagte der Arzt.

»Na, na, Doktor ...«

Am Ende wurden die Kinder zu einem Zimmer in einem Flügel des Erdgeschosses geführt, dessen Tür von außen zugesperrt war. Hier war es ruhiger als im Eingangsbereich und im großen Treppenhaus, wo hektisches Treiben geherrscht hatte. Außer ihnen war niemand zu sehen.

Der Schlüssel steckte außen im Schloss. Noch während sie hinsahen, bewegte er sich wie von Geisterhand, drehte sich einmal in die eine, einmal in die andere Richtung, wackelte ein bisschen und fiel dann herunter. Er klimperte laut auf den Boden. Dann öffnete sich die Zimmertür, und ein junger Mann trat heraus. Er hatte ein Stück gebogenen Draht in einer Hand.

»Voilà«, sagte er und klang dabei fast vorwurfsvoll. »Encore.«

Der Arzt raufte sich die Haare. »Hören Sie endlich auf damit!«, rief er. »Wir wissen inzwischen, dass Sie jedes Schloss knacken können! Lassen Sie die Türen einfach in Ruhe! Und wo haben Sie den Draht schon wieder her? Wir haben doch all ihre Taschen geleert ...«

Fynn blickte den Gang entlang. Vor zwei weiteren Zimmern lagen Schlüssel auf dem Boden. Offenbar hatte man Vidocq von einem Zimmer zum anderen verlegt, wenn er das Schloss aufgeknackt hatte, und anschließend wieder von draußen zugesperrt, woraufhin er das nächste Schloss geknackt hatte. Obwohl der Schlüssel noch draußen steckte. Fynn fragte sich, ob eine solche Fähigkeit beim besten Detektiv der Welt normal war – oder ob Eugène Vidocq nicht vielleicht eine ganz andere Karriere gehabt

hatte, bevor er Detektiv geworden war. Was wussten sie schon von dem Mann, der ihr Vorfahr war?

Der Mann mit dem Draht in der Hand zuckte mit den Schultern. Er sah die Kinder neugierig an. Die Polizisten beachtete er nicht.

»Sie haben ihn in die Erste-Klasse-Zimmer gelegt?«, fragte einer der Polizisten den Arzt.

»Ja, weil er im Krankensaal oben alle Schwestern wahnsinnig gemacht hat. Er hat sogar Schwester Morag Kusshändchen zugeworfen, und die wird nächstes Jahr neunzig!«

»So sieht euer Uropa aus?«, flüsterte Lena überrascht. »Ich hab ihn mir viel älter vorgestellt.«

»Ich glaube, dass die Zeitmaschine ihn zu einem Zeitpunkt mitgenommen hat, als er noch jünger war«, flüsterte Fynn zurück.

Der Vidocq, der im Gang stand, hatte kaum Ähnlichkeit mit dem dicken, weißhaarigen Mann aus Fynns und Franzis Traum. Er war dünn, hatte langes, welliges Haar und einen schmalen Schnurr- und Kinnbart. Doch sein Gesicht wies dieselbe neugierige, amüsierte Miene auf wie die des alten Vidocq. Was Vidocqs älteres Ich jedoch nicht gehabt hatte, war dieser absolut überhebliche, selbstbewusste Zug um die Mundwinkel.

Während Fynn und Franzi den jungen Vidocq fasziniert anstarrten und Lena ihn abschätzig betrachtete, rasten in Cornelius' Hirn die Gedanken.

Die Idee, Vidocq als ihren Onkel auszugeben, war gut gewesen. Aber was sollten sie jetzt mit ihm reden – in Gegenwart der

Polizisten und des Arztes? Keiner von ihnen konnte Französisch. War es glaubhaft, dass sie einen Onkel hatten, mit dem sie sich nicht einmal unterhalten konnten? Und der keinerlei Anzeichen erkennen ließ, dass er wusste, wer sie waren? Jemand musste etwas tun, und da weder die Zwillinge noch Lena reagierten, musste wohl Cornelius handeln.

Aber wie?

Auf einmal fiel Cornelius auf, dass er genau verstanden hatte, was Vidocq gesagt hatte, als er aus dem Zimmer gekommen war. »Da!«, hatte Vidocq gesagt. »Schon wieder!«

Konnte die Zeitmaschine auch dieses Wunder vollbringen? Beherrschten sie praktisch mehrere Sprachen? Er musste es riskieren!

Ich und etwas riskieren!, dachte er, doch da trat er schon vor und umarmte den überraschten Vidocq. Wenn er sich täuschte, würden sie erledigt sein! Mit klopfendem Herzen sprudelte er hervor: »Wir haben gesagt, dass Sie unser Onkel seien, damit wir Sie hier herausholen können. Die halten Sie nämlich für verrückt. Aber wir wissen, dass Sie nicht verrückt sind. Sie sind Eugène Vidocq, und die Zeitmaschine hat Sie hierhergeholt.« Er holte Luft. So schnell und so viel auf einmal hatte er noch nie geredet.

Jetzt kam es darauf an. Ohne Vidocq loszulassen, blickte Cornelius zu den Polizisten und dem Arzt. Doch diese betrachteten die Szene nur neugierig – oder eher genervt, was den Arzt anging. Cornelius hätte jubeln können! Irgendwie schaffte die Zeitmaschine es, dass sie mit jedem, mit dem sie redeten, die richtige Sprache verwendeten! Und seine Sprache verstanden!

»Wer zum Henker seid ihr?«, fragte Vidocq fassungslos.

»Sie müssen mich umarmen, damit die glauben, dass Sie mein Onkel sind«, drängte Cornelius.

Vidocq legte ihm zögernd die Hände auf die Schultern. Fynn, Franzi und Lena hatten schockiert dagestanden. Jetzt begannen nach und nach alle zu grinsen, als sie verstanden, was Cornelius getan hatte. Sie gingen auf Vidocq zu und umarmten ihn ebenfalls.

»Meine Güte«, sagte Vidocq und starrte sie alle an. »Lauter Kinder. Ich hasse Kinder.«

»Na also«, sagte der Arzt. »Er ist ihr Onkel, kein Zweifel. Nehmen Sie ihn jetzt endlich mit, Sergeant?«

16

Der Arzt und die Polizisten gingen los, um irgendwelche Papiere auszufüllen. Der junge Vidocq zögerte, dann öffnete er die Tür zu dem Krankenzimmer, aus dem er gerade ausgebrochen war.

»Rein mit euch«, sagte er.

Franzi bückte sich und hob den Schlüssel auf, um ihn Vidocq zu geben. Als ihre Hände sich berührten, hatte sie für einen Moment das gleiche Gefühl wie bei ihrer ersten Berührung der Zeitmaschine – als würde etwas in sie hineinschlüpfen wie in einen Handschuh. Sie keuchte unwillkürlich. Vidocq zuckte zurück und hielt sich am Türrahmen fest. Er war blass geworden und schüttelte den Kopf, als sei ihm schwindlig. Franzi riss sich zusammen. Aus dem Augenwinkel konnte sie erkennen, dass ihr Bruder es auch gespürt hatte.

»Das ist … gespenstisch«, sagte Vidocq. »Ihr habt zwei Minuten Zeit, mir alles zu erklären. Ich hoffe für euch, es ist eine gute Erklärung.«

»Sonst passiert was?«, fragte Lena frech.

»Sonst haue ich hier ab und sperre euch in diesem Zimmer ein, und dann könnt ihr ja mal versuchen, alles der Polente zu erklären.«

Lena ließ sich nicht einschüchtern. »Na dann viel Spaß beim Versuch, ohne uns im Jahr 1934 zurechtzukommen.«

Vidocq blinzelte. »Ich bin … im Jahr … ich bin … in der Zukunft? Wie zum Henker komme ich hierher?«

»Wenn Sie uns mehr als zwei Minuten Zeit geben, können wir es erklären«, sagte Fynn. »Sie sind übrigens nicht unser Onkel.«

»Ach was, Schlauberger. Das hab ich mir auch schon gedacht.«

»Sie sind unser Ur-Ur-Uropa«, sagte Franzi.

Vidocq starrte sie an. »Mann«, sagte er und ließ sich auf das Bett sinken. »Mann, Mann, Mann! Wenn das alles ein Traum ist, trink ich nie mehr einen Tropfen!«

17

Nachdem sie ihm alles erzählt hatten, saß Vidocq eine Weile still da. Dann sagte er: »Wenn das alles wahr ist, brauch ich einen Schnaps.«

»Es ist wahr«, sagte Fynn.

»DU!«, rief Vidocq plötzlich. Lena fuhr zusammen. »Warum siehst du mich so komisch an?«

»Tu ich gar nicht«, verteidigte sich Lena schuldbewusst. Tatsächlich hatte sie Vidocq mit ein bisschen Herzklopfen betrachtet, weil er mit seinen altmodischen Kleidern, seinem wilden Haar und dem Bart verwegen und hübsch aussah.

»Und du?«, fuhr Vidocq fort und musterte Cornelius. »Stehst gut im Futter, was? Bist du der Anführer?«

»Wir haben keinen Anführer«, sagte Franzi.

»Ah, meine hübsche Urenkelin. Mit noch ein paar Dutzend ›Ur‹ dazu, wenn ich mich nicht täusche. Und mein Urenkel gleich daneben. Zwillinge, was? Schreit der eine von euch Aua, wenn der andere sich die Finger verbrennt?«

»Warum sind Sie auf einmal so gemein?«, fragte Fynn.

Vidocq lachte unlustig auf. »Ich bin gemein? Ihr kommt hierher und erzählt mir diese wilde Geschichte, dass das hier das Jahr 1934 sein soll und ihr aus der Zukunft kommt und ich aus der Vergangenheit und dass ich euer verdammter Uropa wäre und dass es eine Zeitmaschine gibt und dass ich euch höchstpersönlich – als

Geist wohlgemerkt! – losgeschickt habe, um mich hier zu treffen ... und ich soll gemein sein? Wenn das hier nicht die gemeinste und idiotischste Geschichte ist, die sich jemand ausdenken kann, dann will ich ... dann will ich ... Hanselmann heißen.«

»Oje«, sagte Cornelius. »Ganz nah dran.«

»Der ist auch nicht fieser als sie«, sagte Lena.

Vidocq blinzelte verwirrt. Lena setzte zu einer höhnischen Erklärung an, doch Fynn unterbrach sie.

»Es hört sich alles wild an, aber es ist die Wahrheit«, sagte er. »Bitte. Werden Sie uns helfen?«

»Helfen?!«, rief Vidocq. »Wobei? Rauszufinden, was es mit einer noch wilderen Geschichte von einem Ungeheuer auf sich hat, das in irgendeinem Tümpel irgendwo in der Pampa von Schottland rumschwimmt? Was gibt es da rauszufinden? Dass ein paar Idioten sich einen Scherz erlaubt haben, um ein paar noch größeren Idioten das Geld aus der Tasche zu ziehen? Was geht mich dieser Mist an?«

»Kurz vor Ihrem Tod«, sagte Franzi leise, »werden Sie der Meinung sein, dass die Klärung dieses Rätsels so wichtig für Sie ist, dass Ihr Geist die Welt nicht verlassen kann.«

Vidocq hatte mit seiner Schimpftirade fortfahren wollen, doch jetzt klappte er den Mund zu und stierte Franzi an. Er öffnete ihn wieder, um etwas zu sagen, aber er brachte nichts heraus. Er schüttelte den Kopf. »Haut ab!«, stieß er hervor. »Lasst mich mit diesem Schwachsinn zufrieden. Außerdem hasse ich Kinder!«

»Bitte, Herr Vidocq«, versuchte es Fynn. »Wir haben nur noch

bis morgen Nacht Zeit, das Rätsel zu lösen!«

Vidocq stand zornig auf. »Na gut, wenn ihr nicht geht, geh ich eben.«

Er stapfte zur Tür hinaus. Gleich darauf kam er im Rückwärtsgang wieder herein. Zwei bullige Männer in Pflegerkitteln hatten je einen Arm von ihm gepackt und schoben ihn unsanft vor sich her. Ein Mann, der ebenfalls einen weißen Kittel trug, folgte ihnen. Auf seiner Brust war ein Name eingestickt: Dr. R. K. Wilson. Dr. Wilson wirkte fahrig und blass, die Augen hinter seiner Brille waren riesig, und mit ihm wehte der Duft von so viel Rasierwasser herein, dass er einem in der Nase biss.

»Raus mit euch, Kinder«, sagte er, ohne sie anzusehen.

»Lasst mich los, ihr Affen!«, rief Vidocq. Er wand sich, aber er konnte sich nicht befreien.

»Sie sind ... äh ... verwirrt, Herr Vidocq«, sagte Dr. Wilson. Fynn hätte nicht sagen können, ob er Französisch oder Englisch sprach, weil sich für ihn alles wie Deutsch anhörte, aber aus Vidocqs Reaktion schloss er, dass dieser den Arzt verstand. Er musste also Französisch beherrschen.

Auf Wilsons Stirn standen Schweißtropfen. Er rückte seine Brille zurecht. Seine Hände zitterten. »Wir müssen verhindern, dass Sie sich oder jemand anderem etwas ... ja ... äh ... nun ... genau. Wir müssen Sie auf das Bett fesseln, so leid es ... äh ... so leid es ...« Plötzlich lachte er schrill und vollkommen unangebracht.

»Was?«, japste Vidocq. »Ihr Chef hat mich gerade entlassen, Sie Schnarchzapfen!«

»Das war ein ... äh ... Dings ... Irrtum ... und zwar ... ja!«, sagte Wilson und fummelte mit bebenden Fingern an seiner Brille herum. »Irrtum. Hahaha!« Er gackerte erneut hysterisch. Dann gab er den Pflegern einen Wink. Sie zwangen Vidocq auf das Bett und schnallten ihn mit Gurten fest, die auch seine Handgelenke fesselten.

Vidocq warf sich wütend hin und her. »Ich brülle den ganzen verdammten Ort zusammen, wenn Sie mich nicht losbinden!«, drohte er.

»Ah ja«, sagte Wilson unglücklich, »damit habe ich ... äh ... damit habe ich wirklich ... wissen Sie. Gerechnet. Habe ich damit. Hahaha!« Auf einen weiteren Wink hin holten die Pfleger einen Riemen hervor, der in der Mitte einen dicken Lederknebel aufwies. Sie steckten den Knebel in Vidocqs Mund und zogen den Riemen um seinen Hinterkopf fest.

»Mmmmmmh!«, machte Vidocq und lief vor Anstrengung und Wut rot an.

»Und jetzt raus mit euch ... äh ... Kinder«, befahl Wilson. Nun, da Vidocq gefesselt und geknebelt war, schien er etwas ruhiger zu sein. Er sah sich um. »Wo ist der Schlüssel zu dieser ... Wo ist dieser Schlüssel? Zur Tür?«

Die Pfleger zuckten ratlos mit den Schultern.

»Holt einen Zweitschlüssel aus dem ... aus dem ... Dings ... und sperrt die Tür ab. Aus dem Büro. Genau. Und ihr, Kinder, zum letzten Mal: Raus mit euch! Verschwindet!«

Der Arzt schob sie zur Tür hinaus. Auf der Schwelle drehte Franzi sich zu Vidocq um. Sie versuchte seinen Blick einzufangen. Als er sie ansah, schielte sie auffällig nach unten, zu ihrer Hand. In der Handfläche verborgen war der Schlüssel zu diesem Zimmer, den sie vorhin aufgehoben hatte. Sie zeigte ihn Vidocq, ohne dass Wilson oder die Pfleger es sehen konnten.

Vidocqs Augen verengten sich, dann nickte er kaum merklich und ließ sich zurücksinken.

Eine Minute später standen sie alle vier wieder im Freien. Das Polizeiauto war weg, es herrschte immer noch finstere Nacht, und sie waren von der Lösung des Rätsels so weit entfernt wie zuvor. Was sollten sie jetzt bloß tun?

Hinter ihnen klackte das Schloss der Eingangstür zur Klinik. Dr. Wilson hatte sie ausgesperrt.

18

»Der Arzt war aber der totale Loser«, sagte Lena nach einer Weile.

»Wieso hat der Klinikchef gesagt, er wäre froh, Vidocq los zu sein, und dann kommt dieser Dr. Wilson und behält ihn nicht nur hier, sondern bindet ihn auch noch fest?«, fragte Cornelius.

Franzi und Fynn schwiegen. Anscheinend war zwischen ihnen gerade wieder eine dieser Zwillingskommunikationen im Gang, die ein Außenstehender nie kapieren konnte. Dann sagte Fynn: »Wir müssen Vidocq befreien. Wir brauchen ihn.«

»Was?«, stieß Lena hervor. »Ihn brauchen? Der Kerl hält uns doch nur auf!«

»Er ist ein Erwachsener. Und wir sind Kinder. Wir können nicht alles allein machen.«

»Der Typ benimmt sich doch total kindisch. So ein eingebildeter Affe. Habt ihr nicht gehört, was er gesagt hat? ›Ich hasse Kinder …‹!«

»Es wird schon einen Grund haben, warum Vidocqs Geist uns sein junges Ich zur Seite gestellt hat«, sagte Fynn. »Wir haben dem alten Vidocq so weit vertraut, dann sollten wir ihm auch noch weiter vertrauen, finde ich. Er hat sich ja offenbar geläutert.« Fynn biss sich auf Zunge. Mist, das hatte er nicht sagen wollen!

»Geläutert?« Lena sprang sofort darauf an. »Du meinst, der alte Vidocq war ein besserer Mensch als der junge Vidocq? Warum? Was ist faul an dem jungen Vidocq – ich meine, außer dem Offensichtlichen?«

Franzi seufzte. »Vidocq ist erst später in seinem Leben zu einem Polizisten geworden. In dem Alter, in dem wir es jetzt mit ihm zu tun haben, war er ein Gangster.«

Lena und Cornelius starrten die Zwillinge mit offenen Mündern an. »Nicht dein Ernst!«, sagte Lena.

»Leider doch.«

»Dann ist es ja nur gut, dass er jetzt gefesselt und geknebelt ist. Ich schlage vor, wir lassen ihn dort verschimmeln, wo er ist!«

»Lena, das können wir nicht tun. Selbst, wenn er uns keine Hilfe ist. Wir können ihn nicht hier zurücklassen, wenn wir mit der Zeitmaschine die Heimreise antreten.«

»Wieso nicht? Wer sagt denn, dass er uns braucht, um wieder nach Hause zu kommen? Er ist ja anscheinend auch von allein hiergelangt.«

»Kannst du das sicher wissen? Wolltest du hier gestrandet sein, Lena? In der falschen Zeit, ohne einen blassen Schimmer, was hier vorgeht? Ohne Freunde?«

Lena schüttelte sich. »Nee«, sagte sie unwillig. »Aber vielleicht gefällt's ihm ja!«

Franzi sagte: »Dass der blöde Dr. Wilson aufgetaucht ist, hat uns gerade noch gefehlt.«

»Und wo kam der Kerl überhaupt so plötzlich her?«, knurrte Lena.

»Dr. Wilson hat draußen vor der Tür gestanden und gelauscht, als wir mit Vidocq sprachen«, sagte Cornelius. Er blickte in die überraschten Gesichter seiner Freunde. »Was guckt ihr so? Ich hab sein Rasierwasser schon lange bevor er reinkam gerochen, aber ich hab mir nichts dabei gedacht!«

»Nicht schlecht, Spürnase!« Lena lachte und klopfte ihm anerkennend auf die Schulter. Cornelius blinzelte und errötete wegen des unerwarteten Lobs.

»Du meinst, er hat Vidocq nur deshalb festgebunden und uns rausgeworfen, weil er gehört hat, was wir ihm über die Zeitmaschine erzählt haben?« Fynn schluckte. »Du lieber Himmel! Haben wir Vidocq verraten, wo wir sie versteckt haben? Ich kann mich nicht erinnern. Wenn Wilson sich nun die Zeitmaschine schnappt ...!«

Franzi schüttelte den Kopf. Lena und Cornelius sahen mit Verblüffung das überaus seltene Schauspiel, dass die Zwillinge sich einmal nicht einig waren. »Nein«, sagte Franzi langsam. »Ich glaub, Wilson hat Vidocq aus dem Verkehr gezogen, weil er das von dem Monster im Loch Ness gehört hat und dass wir das Rätsel klären sollen.«

Lena kratzte sich am Kopf. Cornelius versuchte, ein ängstliches Seufzen zu unterdrücken, aber es gelang ihm nicht. Fynn sah zu Boden. »Das wird alles immer unheimlicher«, murmelte er. »Wo hat der alte Vidocq uns da nur hingeschickt?«

»Und was jetzt?«, fragte Cornelius. »Wir können Vidocq nicht befreien, sein Zimmer ist zugesperrt. Und in die Klinik kommen wir erst mal auch nicht rein.«

Franzi grinste. Sie hielt den Schlüssel hoch und ließ ihn vor den Augen der anderen zwischen Zeigefinger und Daumen baumeln. »Hiermit. Der Schlüssel zu seinem Zimmer.«

Cornelius sagte: »Na gut. Und wie kommen wir in die Klinik?«

»Wir müssen warten, bis sie morgen früh wieder aufsperren. Dann gehen wir einfach mit den ersten Besuchern rein, das fällt nicht auf.«

»Und bis dahin?«, fragte Lena und sah sich zweifelnd um. »Es ist mitten in der Nacht. Wo sollen wir schlafen?«

Fynn ging zu dem klapprigen Krankenwagen hinüber und probierte es an der Klinke der Hecktür. Sofort schwang die eine Hälfte der Tür auf. Der Krankenwagen war nicht abgeschlossen. Drinnen befanden sich an den beiden Seitenwänden zwei schmale Pritschen. Das war alles. Der Wagen sah einem modernen Rettungswagen so wenig ähnlich wie ein Papierflieger einem Spaceshuttle.

»Das sollte reichen«, sagte Fynn. »Lena und Franzi teilen sich die eine Pritsche, Cornelius und ich die andere.«

»Und wenn der Krankenwagen zu einem Einsatz muss?«, fragte Cornelius unbehaglich.

»Hoffen wir, dass er es nicht muss«, erwiderte Fynn.

Sie richteten sich ein, so gut es ging. Es war ungemütlich, aber wenn man ehrlich sein wollte, hatten sie es auf manchen Drehs, zu denen ihre Eltern sie mitgenommen hatten, schon unbequemer gehabt. Besonders bei dem Dreh über das Leben in den Baumwipfeln des Regenwaldes, bei dem sie eine Woche lang in Hängematten dreißig Meter über dem Urwaldboden geschlafen hatten ...

»Habt ihr auch schon eine Idee, wie wir Vidocq morgen aus dem Krankenhaus kriegen, ohne dass es jemandem auffällt?«

»Nein«, gestand Fynn.

»Aber wir sind sicher, dir fällt noch was ein, Cornelius«, sagte Franzi und grinste.

19

Franzi musste eingedöst sein, denn sie wachte auf, als jemand sie an der Schulter rüttelte. Es war Lena.

»Bin ich eingepennt?«, fragte sie verwirrt. »Warum weckst ...?«

»Pst!«, machte Lena. Sie spähte durch die Windschutzscheibe nach draußen. Zwischen der Fahrerkabine und dem Krankenabteil gab es keine Trennwand.

Franzi folgte ihrem Blick und sah, wie jemand die Tür der Klinik soeben wieder von außen verschloss. Der Mann trug einen Arztkittel. Als er sich nach allen Seiten umsah, erkannte sie, dass es Dr. Wilson war.

»Du warst nur ein paar Minuten weg«, flüsterte Lena. »Schaut euch nur an, wie auffällig sich der Kerl benimmt. Der führt doch irgendwas im Schilde.«

Franzi spürte, dass ihr Bruder ebenfalls wach war, noch bevor Fynn sagte: »Ich dachte, er hätte Nachtdienst ... Wo will er denn hin?«

»Er schleicht sich heimlich weg. Hat keine Lust mehr zu arbeiten«, zischte Lena abfällig. »Fauler Sack.«

Franzi und Fynn schüttelten gleichzeitig die Köpfe. Zu dritt drängten sie sich hinter den Sitzen in der Fahrerkabine zusammen, um nach draußen zu sehen. Cornelius lag immer noch auf der Pritsche. Lena drehte sich zu ihm um. Cornelius hatte die Augen geschlossen und den Mund offen und schnarchte leise. Sein nutzloses Smartphone hielt er mit einer Hand fest. Lena lächelte.

Die Scheibe war in der Mitte angelaufen, trotzdem konnten sie erkennen, dass Dr. Wilson zu Fuß davonhastete und den Klinikbereich verließ.

»Folgen wir ihm!«, schlug Fynn vor.

»Und Cornelius?«

»Passt auf den Wagen auf«, sagte Fynn und grinste.

Sie öffneten leise die Tür, ohne dass Cornelius aufwachte, und schlichen hinter dem Arzt her. Sein weißer Kittel leuchtete in der Nacht. Dr. Wilson lief nicht weit. An einer Straßenkreuzung unterhalb der Klinik stand eine der typisch britischen roten Telefonzellen. Sie beobachteten, wie Dr. Wilson hineinging, eine Taschenlampe anknipste und den Hörer abnahm. Nach einer kurzen Pause sprach er offenbar etwas hinein.

»Da meldet sich die Vermittlung«, sagte Fynn. »Ich hab das mal in einem alten Film gesehen. Man konnte in den Dreißiger-

jahren noch nicht direkt durchwählen. Man musste sich verbinden lassen.«

»Wenn das Cornelius sehen könnte, der alte Smartphone-Fan«, sagte Lena. »Die Haare würden ihm zu Berge stehen.«

Dr. Wilson begann plötzlich aufgeregt zu gestikulieren. Er schien in den Hörer zu schreien, aber die Kinder konnten nichts hören. Der Strahl der Taschenlampe zuckte durch die aufgeregten Bewegungen des Doktors hin und her.

»Mann, der ist vielleicht kaputt«, murmelte Lena.

Dann war Dr. Wilson mit dem Telefonat fertig, und die Kinder versteckten sich schnell hinter einem Busch. Er hastete an ihrem Versteck vorbei, ohne nach links und rechts zu schauen. Als sie wenig später ein paar Dutzend Meter hinter ihm an der Klinik ankamen, sperrte der Doktor gerade wieder die Eingangstür von innen zu.

»Wieso hat er nicht von dort drinnen telefoniert?«, fragte Franzi und deutete auf das Gebäude.

»Vielleicht weil niemand sein Gespräch belauschen sollte?«, mutmaßte Lena.

Noch misstrauischer als zuvor öffneten sie die Hecktür des Krankenwagens, um den Rest der Nacht in ihrem Versteck zu verbringen. Cornelius saß auf der Pritsche und starrte sie mit weit aufgerissenen Augen an. »Wo wart ihr?«, keuchte er. »Ihr könnt mich doch nicht einfach hier allein lassen. Macht das nie wieder!«

20

Der Tag war noch nicht ganz angebrochen, da wurde es vor und in der Klinik plötzlich geschäftig. Lichter gingen an, die Eingangstür wurde von einer Schwester aufgesperrt und blieb offen, Männer und Frauen kamen zu Fuß oder mit Fahrrädern an und betraten das Gebäude. Unauffällig verließen die Kinder ihr Versteck. Keine Minute zu früh. Gleich darauf kam ein junger Mann in einer Art Uniform aus der Klinik, öffnete die Fahrertür des Krankenwagens und legte ein Schreibbrett mit einem Bogen Papier auf den Beifahrersitz. Er steckte den Schlüssel in das Zündschloss, dann stellte er sich neben den Wagen und zündete sich eine Zigarette an.

»So eine Sauerei, der Fahrer raucht ja!« Lena war empört.

»Die wussten zu dieser Zeit noch nicht, wie schädlich es ist«, sagte Cornelius. Er war den anderen wegen letzter Nacht eine Weile böse gewesen, aber sein Schreck und sein Ärger waren mittlerweile verflogen.

»Wisst ihr was – diese Zeit ist überhaupt nicht ritz«, erklärte Lena entschieden.

»Das werden sie in hundert Jahren von unserer Epoche wahrscheinlich auch sagen«, meinte Cornelius.

»Ist dir schon was eingefallen, wie wir Vidocq hier rausbringen?«, fragte Fynn.

»Ja«, antwortete Cornelius zögernd. Die Idee war ihm mitten in der Nacht gekommen, als er sich an etwas erinnert hatte, das ihm bei ihrem Besuch in der Klinik aufgefallen war. Im ersten Moment hatte er sie cool gefunden, doch jetzt war er sich nicht mehr so sicher. Er erzählte sie seinen Freunden trotzdem.

»Das ist die bescheuertste Idee, die ich je gehört habe ...«, sagte Lena, nachdem er mit seiner Erklärung fertig war.

»Dann halt nicht«, meinte Cornelius, halb erleichtert, halb beleidigt.

»... und deshalb gefällt sie mir«, beendete Lena ihren Satz. Sie grinste breit. »Ich bin dafür.«

»Ehrlich?« Cornelius war erstaunt – und vor allem überhaupt nicht mehr erleichtert.

»So machen wir's«, bestimmte Franzi. Fynn nickte.

»Oh Mann«, stöhnte Cornelius. Er wünschte sich plötzlich sehnlichst, er hätte einfach den Mund gehalten.

21

Sie betraten das Krankenhaus mit einem Schwung Menschen, die entweder Handwerker waren oder etwas anlieferten, so genau achteten sie nicht darauf. Es war nur wichtig, dass sie beim Betreten des Gebäudes niemandem auffielen. Aber es nahm sowieso keiner Notiz von ihnen. Am Empfangstisch saßen zwei Schwestern und hatten alle Hände voll zu tun, und auch ansonsten wuselten lauter Leute um sie herum.

»Die hat gestern offen gestanden«, sagte Cornelius, der vor Nervosität schwitzte, und deutete auf eine Tür. »Dahinter hab ich die Sachen gesehen. Jetzt ist sie zu. Schade. Der Plan klappt wohl doch nicht. Lasst uns abhauen.«

»Reiß dich zusammen!«, zischte Lena. Sie sah sich um. Die Schwestern am Empfang hatten die Köpfe über irgendwelche Formulare gesenkt, die sie ausfüllten. Auch sonst sah niemand zu ihnen herüber. »Die Luft ist rein.«

Cornelius machte vor Angst die Augen zu, als Fynn die Klinke der Tür nach unten drückte. Bestimmt stand jemand direkt dahinter. Er erwartete einen überraschten Ausruf und dann eine wütende Frage, was sie hier verloren hatten. Hoffentlich würde man sie bloß aus der Klinik rausschmeißen und nicht der Polizei übergeben ... als Eindringlinge ... als Diebe ...!! Cornelius schluckte und schwitzte und hielt die Augen krampfhaft geschlossen. Als er angestupst wurde, machte er vor Schreck einen Riesensatz nach hinten und riss dabei die Augen auf.

»Alles ritz«, erklärte Lena. Sie deutete auf ein Bündel weißen Stoffs, das Fynn an sich presste. »Wir hätten den ganzen Wäschewagen klauen können, ohne dass es irgendeinem aufgefallen wäre.«

»Es war echt gut, dass du den Wagen mit der frisch gewaschenen Arztkleidung gesehen hast«, sagte Fynn. »Jetzt zum zweiten Teil deines Plans.«

Nass geschwitzt trottete Cornelius hinter seinen Freunden her. Er dachte bei sich, dass ein großer Unterschied darin bestand, sich einen Plan auszudenken – und ihn dann auch auszuführen. Der Unterschied war der zwischen einem Feigling und einem Helden. Der zwischen einem wie Cornelius ... und den anderen. Er wurde auf einmal traurig und fühlte sich ganz klein.

»Ohne deine Idee säßen wir immer noch ratlos herum«, sagte Franzi, die gesehen hatte, wie Cornelius abwechselnd blass und rot geworden war, und dessen Gedanken gelesen hatte. »Du bist der Held des Tages.«

Cornelius begann zu stottern. »Ach, das war gar nichts«, brachte er hervor. Innerlich sprang er herum wie ein Fußballer nach dem entscheidenden Tor und brüllte in Gedanken: Cornelius! Der Held des Tages! Er sah vor Aufregung nicht, wie die anderen über seine Reaktion lächelten.

Der Gang, in dem Vidocqs Zimmer lag, war so menschenleer wie gestern Nacht. Sie blickten sich trotzdem nach allen Seiten um, dann sperrte Franzi rasch die Tür auf. Sie schlüpften hinein und sperrten sie wieder hinter sich zu.

Vidocq machte: »Mmmmmmmmh!« und rollte aufgebracht mit den Augen.

Schnell nahmen sie ihm den Knebel ab. Er schmatzte und bewegte den Kiefer, um Spucke in seine Mundhöhle zu bekommen, dann knurrte er: »Warum hat das denn so lang gedauert? Ihr seid vielleicht Schlafmützen.«

»Stecken wir ihm den Knebel wieder rein«, schlug Lena vor.

Vidocq funkelte sie an, schwieg jedoch. Sie lösten die Schnallen, mit denen die Fixierbänder gesichert waren. Vidocq richtete sich auf und ächzte. »Donnerwetter, ich bin ganz steif. Verdammte Fesseln.«

»Wir bringen Sie hier raus«, sagte Fynn. Er nickte zu dem Kleiderbündel in seinen Armen. »Wir haben hier ein paar Sachen, mit denen Sie sich als Arzt oder Pfleger verkleiden können. Dann fallen Sie nicht auf, wenn Sie mit uns zusammen nach draußen gehen.«

Der junge Mann, der einmal der größte Detektiv der Welt werden würde, sah sie der Reihe nach an. Er grinste. »Eine Verkleidung? Nicht schlecht. Habt ihr euch das etwa selbst ausgedacht?«

»Dachten Sie vielleicht, wir bräuchten Sie dafür?«, fragte Lena, die sich über den arroganten Ton Vidocqs umso mehr ärgerte, weil sie den jungen Mann eigentlich ganz hübsch fand.

»Eine Verkleidung ... Ich hab mir oft gedacht, wenn die Polypen nicht so dämlich wären, in ihren aufgemotzten Uniformen rumzulaufen, und sich stattdessen als normale Passanten verkleiden würden, könnten Sie viel mehr von uns ... könnten sie viel mehr Diebe fangen.« Er räusperte sich. »Diebsgesindel!«, fügte er abschätzig hinzu, als ob er die Gauner verachten würde. Es überzeugte niemanden.

»Machen Sie schnell«, drängte Franzi. »Je eher wir hier raus sind, desto besser.«

»Stimmt, dann bin ich euch auch endlich los.« Vidocq nahm Fynn die Kleidung aus den Armen. »Los, umdrehen!«, befahl er. »Und dass ja keiner guckt!«

Es raschelte leise, als Vidocq sich hinter ihren Rücken umzog. Dann verstummte das Geräusch, und einige Sekunden war es vollkommen still. Schließlich hörten sie Vidocq sagen: »Oh Mann!«

Unwillkürlich drehten sie sich um. Vidocq stand in einem weißen Kittel vor ihnen. Er reichte ihm bis zu den Knien. Darunter waren nackte, haarige Unterschenkel zu sehen, die in Halbstiefeln steckten. Nur wenige Knöpfe des Kittels waren geschlossen, denn er war Vidocq viel zu eng.

Außerdem war es ein Schwesternkittel.

Vidocq hatte das kleine weiße Schwesternhäubchen aufgesetzt und sah sie anklagend an.

Lena begann zu kichern. Franzi gab ihr einen Rippenstoß, doch dann fing sie selbst zu gackern an. Vidocq sah einfach zum Schießen aus in dem viel zu engen Frauenkittel, mit den haarigen Beinen und dem Häubchen auf seinem ungekämmten lockigen Haar.

»Haha! Konntet ihr nicht aufpassen, was ihr da klaut?«, brummte Vidocq wütend.

Plötzlich wurde die Türklinke heruntergedrückt. Alle verstummten erschrocken. Die Klinke wurde mehrfach bewegt. Ohne Erfolg. Dann kratzte ein Schlüssel im Schloss.

»Oh Mist!«, flüsterte Vidocq. »Das war's dann wohl!«

22

Lena und Franzi fassten sich erschrocken an den Händen. Der Schlüssel kratzte und klackte. Vidocq war blass geworden. Cornelius schloss erneut die Augen. Sie waren erledigt!

»Verdammt!«, hörten sie eine Männerstimme durch die Tür. »Falscher Schlüssel. Aber ich hab ihn doch vom Schlüsselbord genommen. Wer hat den richtigen?«

Zu ihrem Entsetzen antwortete eine zweite Männerstimme. Doch sie sagte bloß: »Weiß nich'. Schätze, der Doktor hat ihn. Hat wohl aus Versehen den falschen Schlüssel zurückgehängt.«

»Heiliger Andreas! Wie sollen wir dem Kerl da drin dann sein Frühstück bringen? Ah, pfeif drauf, muss er eben hungern, bis der Doktor kommt.«

Die Türklinke wurde noch einmal verärgert heruntergedrückt, dann hörten sie nichts mehr. Erst nach einer Weile wagte Fynn wieder zu atmen. Cornelius öffnete die Augen. Die Kinder sahen Vidocq an. Der junge Mann stieß erleichtert die Luft aus.

»Jede Wette, dass das kein Versehen des Doktors war«, sagte Fynn. »Dr. Wilson will, dass Sie hier eingesperrt bleiben.«

Vidocq nickte langsam. »Was zum Teufel wird hier gespielt? So langsam beginne ich den Unsinn zu glauben, den ihr mir erzählt habt ...«

»Gehen wir«, sagte Franzi. Sie hob ihren Schlüssel hoch. »Gut, dass wir dem Doktor eine Nasenlänge voraus sind.«

Ein paar Leute am Ausgang des Krankenhauses gafften Vidocq fassungslos an, als er mit den Kindern nach draußen ging. Er hatte sich ein Taschentuch vors Gesicht gedrückt und tat so, als hätte er eine laufende Nase, damit man seinen Bart nicht sah. Aber die haarigen Beine ließen sich nicht verstecken. Als er den Arm ausstreckte, um die Tür aufzudrücken, sprangen ein paar Knöpfe von seinem Kittel ab und rollten durch die Empfangshalle.

Franzi hatte die Zimmertür wieder zugesperrt. Sie hoffte, dass es so noch eine Weile dauern würde, bis auffiel, dass Vidocq nicht mehr im Bett lag. Eilig verließ sie mit dem zukünftigen Detektiv und den Freunden das Hospital.

»Und jetzt?«, fragte Vidocq undeutlich. Das Taschentuch dämpfte seine Stimme.

»Wir verstecken uns erst mal in dem Krankenwagen. Dort können Sie sich wieder umziehen.« Fynn deutete auf die Klapperkiste.

»Das ist ein Krankenwagen? Warum hat keiner die Pferde vorgespannt?«

»Der braucht keine Pferde«, sagte Lena. »Guten Morgen. Dies ist das Jahr 1934. Ich dachte, die Polizisten hätten Sie hierhergebracht. Da sind Sie doch schließlich auch mit einem Wagen gefahren.«

»Gestern? Da hab ich nicht aufgepasst. Außerdem dachte ich, das alles wäre nur ein Traum.« Vidocq ließ sich in den Krankenwagen schubsen, dessen Fahrer seine Zigarette geraucht zu haben schien und nirgends zu sehen war. »Wie funktioniert das, ein Wagen ohne Pferde?«

»Es geht so …«, begann Cornelius.

»Halt die Klappe, Cornelius«, stieß Lena hervor. »Dafür ist jetzt keine Zeit.«

Sie schlugen die Hecktür hinter ihm zu und warteten draußen darauf, dass Vidocq den Schwesternkittel loswurde und wieder in seine Hosen schlüpfte. Dabei traten sie ungeduldig von einem Bein aufs andere, voller Angst, doch noch entdeckt zu werden.

»Und wie geht's jetzt weiter?«, wollte Lena wissen.

»Wir suchen diesen Großwildjäger, diesen Wetherell«, sagte Franzi.

»Und wo sollen wir damit anfangen?«

»Keine Ahnung. Ich hoffe, Vidocq kann uns dabei helfen.«

»Der und helfen …«, murmelte Lena, deren Zweifel an dem künftigen Detektiv größer denn je waren.

»Seht doch mal!«, rief Cornelius. »Da vorn!«

Erstaunt beobachteten sie, wie Dr. Wilson aus einem anderen Eingang des Krankenhauses herauskam. Er trug normale Straßenkleidung und wirkte so nervös, dass man es auf tausend Meter hätte erkennen können. Er zerrte an einem Rad, das in einem Metallständer steckte, bis ihm aufging, dass es mit einer Kette dort angeschlossen war. Er klopfte die Taschen nach dem Schlüssel ab, fand ihn, ließ ihn vor Hast fallen, hob ihn wieder auf, fummelte ihn in das Vorhängeschloss, machte die Kette los und schwang sich in den Sattel.

»Wo will der denn jetzt hin?«, fragte Lena.

»Wenn unsere Vermutung stimmt, dass er Vidocq nur deswegen gefesselt hat, weil er uns über das Ungeheuer reden hörte ...«, begann Franzi.

»... dann können wir davon ausgehen, dass er auch etwas darüber weiß«, vollendete Fynn den Satz.

Die Zwillinge sahen sich an. Sie nickten.

Fynn drehte sich um und riss die Tür auf. Vidocq, der offensichtlich im selben Augenblick die Tür von innen hatte öffnen wollen, fiel halb heraus.

»Können Sie Rad fahren?«, fragte Fynn. »Wir müssen Dr. Wilson verfolgen!«

Sie rannten zu den anderen Rädern, die vor dem Klinikeingang abgestellt waren. *Jetzt klauen wir auch noch Fahrräder*, dachte Cornelius verzweifelt. *Wenn wir Auto fahren könnten, hätten wir wahrscheinlich den Krankenwagen gestohlen. Wir kommen alle sowas von in die Hölle!*

»Ich kann alles«, sagte Vidocq, der neben Fynn herlief. Und dann: »Was ist ein Rad?«

Findet das Monster im See!

Keines der Fahrräder war abgesperrt. Offenbar waren die Leute hier zu anständig, um Räder zu klauen. Nur der merkwürdige Dr. Wilson war so misstrauisch gewesen, seines abzuschließen. Fynn spürte sein schlechtes Gewissen, als er nach dem nächstbesten Fahrrad griff und den Ständer hochklappte. Jetzt waren sie Fahrraddiebe, und es war umso schlimmer, weil es nur wegen der Anständigkeit der Menschen hier überhaupt möglich war.

»Was ist das denn?«, maulte Lena. »Keine Gänge, keine zwei Bremshebel ...? Und Schutzbleche hat es! Und einen Gepäckträger. Wie uncool ist denn so was?«

»Die Räder hier sehen alle so aus«, rief Franzi ungeduldig. Sie hatte recht. Die Räder waren groß und klobig und alle einheitlich schwarz, zumindest wenn sie nicht so verrostet waren, dass man die Farbe kaum noch erkennen konnte.

Fynn sah sich um. Dr. Wilson hatte das Klinikgelände bereits verlassen. Die Zeit drängte. »Schnell, schnell!«, rief er und schwang sich auf das Rad. Er schwankte hin und her, als er lostrat. Die Pedale ließen sich überraschend schwer treten, wenn man keinen ersten Gang hatte. Er blickte über die Schulter. »Macht schon!«

Alle Kinder waren inzwischen auf eines der Fahrräder geklettert; Franzi mit entschlossenem Gesicht, Cornelius mit einer Miene, als würde das Ding jeden Moment zusammenbrechen, und Lena guckte, als hätte sie Angst, dass jemand sie auf dem antiken Rad sehen und auslachen könnte.

Nur Vidocq stand noch da und kratzte sich am Kopf. Er hatte sich halb gebückt und betrachtete das Rad, so wie ein Steinzeitmensch eine Mondrakete betrachtet hätte.

»Was ist los?«, rief Fynn ungeduldig. Er fürchtete, dass sie Wilson aus den Augen verloren, wenn sie nicht sofort losradelten.

»Ich steige nicht auf diese Höllenmaschine«, sagte Vidocq.

»Unglaublich, dass das der Mann sein soll, der uns mit einer Zeitmaschine auf die Reise geschickt hat«, murmelte Franzi.

»Das war ja sein älteres Ich«, erwiderte Fynn. Zu Vidocq rief er: »Dann lassen Sie es eben bleiben. Wir verfolgen jedenfalls den Doktor!« Er stemmte sich in die Pedale. Schwerfällig rollte das Rad dem verschwundenen Doktor hinterher.

»Willst du ihn wirklich zurücklassen?«, fragte Franzi, die neben ihrem Bruder herstrampelte. »Ich dachte, er soll uns helfen.«

»Tja, das dachte ich eigentlich auch«, sagte Fynn. »Aber so langsam regt er mich auf. Er ist nämlich derjenige, der ständig unsere Hilfe braucht!«

Die Straße führte von der Klinik in einer weiten Kurve den Hügel hinunter. Im Morgenlicht sahen sie jetzt zum ersten Mal die Stadt Inverness vor sich liegen: ein paar eckige Kirchtürme, Rauchfahnen über den Dächern, die wuchtigen Umrisse von Fabrikgebäuden und dahinter das Glitzern einer weiten Meeresbucht, an deren anderem Ufer Hügelketten hintereinander geschichtet aufragten. Erst jetzt fiel ihnen der Geruch von Torf- und Holzbrand, von Meerwasser und Fisch auf, der in der Luft lag.

Dr. Wilson radelte etwa hundert Meter vor ihnen. Er trat wie ein Wilder in die Pedale. Der Abstand zu ihm wurde immer größer. Fynn strengte sich an, schneller zu werden, doch es ging nur mühsam. Das Rad war ein Erwachsenenrad, viel zu groß für ihn, und die Pedale ließen sich so schwer bewegen, dass er das Gefühl hatte, er fuhr bergauf. Die Straße führte jetzt nicht mehr nach unten, sondern geradeaus um den Hügel herum, sodass das Rad nicht von allein rollte. Er begann zu keuchen, und sein Herz klopfte heftig. Als er sich umsah, erkannte er, dass er die anderen schon weit abgehängt hatte. Sie hatten alle schlecht geschlafen, noch nichts gefrühstückt und bereits einige abenteuerliche Stunden hinter sich – kein Wunder, dass sie erschöpft waren. Aber wenn sie so weitermachten, würden sie den Doktor aus den Augen verlieren! Sie hatten nur diesen einen Tag bis Mitternacht Zeit, um das Rätsel zu lösen, und Wilson war der einzige Anhaltspunkt, den sie besaßen. Fynn ächzte und versuchte zu beschleunigen. Seine Oberschenkel brannten bereits vor Anstrengung. Wenn Vidocq sich nicht so anstellen würde – er hätte wenigstens die richtige Größe für ein Fahrrad gehabt und hatte sicher mehr Kraft als die Kinder. Ihr Ur-Uropa als junger Mann war wirklich zu rein gar nichts zu gebrauchen!

Plötzlich hörte Fynn aufgeregte Rufe hinter sich. Er blickte sich um und hätte beinahe den Lenker verrissen. Vidocq kam herangestrampelt, mit wehendem Haar, die Schöße seiner langen Jacke waren hochgeflogen, und seine Beine bewegten sich wie Propeller. Er jauchzte und jubelte und raste lachend an Cornelius, Franzi und Lena vorbei.

»Jaaaaa!«, rief er, als er Fynn eingeholt hatte. »Das ist klasse! Warum ist in meiner Zeit noch keiner darauf gekommen, so ein Ding zu erfinden? Schluss mit dem blöden Zufußgehen! Das ist die größte Erfindung seit der Erfindung des Rads!«

»Das ist ein Rad!«, konnte Fynn sich nicht verkneifen zu rufen.

»Umso besser, du Klugscheißer, umso besser!«

»Seien Sie still«, mahnte Fynn. »Sonst hört uns der Doktor noch.«

Vidocq spähte nach vorn. »Ha, der Kerl gehört uns! Lasst mich nur machen, Kinderchen!« Er strampelte noch schneller, sein Rad schwankte hin und her. Fynn konnte nicht mehr mit ihm mithalten. Keuchend ließ er sein Rad laufen, ohne zu treten.

»Kinderchen?«, stieß er ungläubig hervor.

Weiter vorn senkte sich die Straße wieder. Vidocq beugte sich über den Lenker wie ein Reiter über den Hals seines Pferds, um es galoppieren zu lassen. Fynn hatte den Eindruck, dass er die Beine des jungen Mannes gar nicht mehr richtig sehen konnte, so schnell bewegten sie sich. Er bildete sich ein, den künftigen Detektiv begeistert »Hüah! Hüah!« schreien zu hören.

»Der Typ ist komplett verrückt«, keuchte Lena, die aufgeholt hatte. »Hoffentlich fährt er den Doktor nicht über den Haufen.«

Franzi, die ebenfalls aufgeholt hatte, schnaufte heftig. »Weiß er überhaupt, dass er den Doktor nicht einholen soll, sondern nur herausfinden, wohin Wilson so schnell will?«

Sie sahen sich erschrocken an. Fynn verdrehte genervt die Augen. »Mannomann, wir sehen besser zu, dass wir schnell hinterherkommen.«

Erschöpft stemmten sie sich wieder in die Pedale. Cornelius, der noch weit hinten war und fürchtete, dass ihm jeden Moment die Puste ausging, sah, wie sie den Abstand zu ihm immer mehr vergrößerten.

»Kümmert euch nicht um mich!«, japste er tapfer. »Wichtig ist, dass ihr den Doktor und Vidocq ...«

Ihm ging auf, dass sich ohnehin keiner zu ihm umgedreht hatte. Erbittert keuchte er: »Ich komm schon klar«, und strampelte weiter.

24

Die Straße führte immer steiler bergab. Fynn, Franzi und Lena sausten über den buckligen Straßenbelag, dass die Schutzbleche klapperten. Franzi hatte sich an die Spitze gesetzt und ein gutes Stück vor ihnen den radelnden Doktor gesichtet. Vidocq, mit flatterndem Haar und fliegenden Rockschößen, kam ihm immer näher. Was auch immer näher kam, war eine scharfe Linkskurve, die an einer dichten Hecke vorüberführte. Sicherheitshalber zog Franzi den langen, dünnen Bremshebel an der rechten Seite ihres Lenkers nach oben, aber es tat sich fast nichts. Dann fiel ihr ein, dass die alten Räder alle eine Rücktrittbremse besaßen, so wie ihr altes Kinderrad, und sie drückte die Pedale vorsichtig nach hinten. Es war anstrengend, doch das Rad bremste langsam ab. Lena und Fynn schossen an ihr vorbei.

»Rücktrittbremse!«, rief sie ihnen hinterher.

»Weiß ich!«, schrie Fynn über die Schulter zurück. »Aber weiß Vidocq das auch?«

»Oh Mann!« Franzi begann wieder zu treten. Wenn Vidocq nicht wusste, wie man das Fahrrad bremste ...! Sie mussten ihn einholen, bevor er mit vollem Karacho in die Kurve raste!

Es war aussichtslos. Wilson, der sich kein einziges Mal umgedreht hatte und nicht zu ahnen schien, dass er verfolgt wurde, legte sich bereits in die Kurve und wurde langsamer. Vidocq war nur noch fünfzig Meter hinter ihm und strampelte weiter, was das Zeug hielt.

»Bremsen!«, schrie Franzi. Es war ihr egal, ob der Doktor es auch hören konnte. Vidocq würde sich den Hals brechen, wenn er so weiterraste!

Der Doktor glitt in eleganter Seitenlage um die Kurve und verschwand hinter der Graskuppe, um die die Straße herumführte.

Vidocq fuhr geradeaus weiter.

KRRRRATSCH!!

Mit offenem Mund sahen Franzi, Fynn und Lena, wie der junge Mann in die Hecke raste. Im einen Moment war er noch da, wild strampelnd, als sähe er die Katastrophe gar nicht kommen. Im nächsten Moment war nur noch ein Loch in der Hecke zu sehen, aus dem Blätter und Äste hochwirbelten wie nach einer Explosion. Franzi meinte etwas scheppern und klingeln zu hören. Einen Herzschlag später stob hinter der Hecke mit einem lauten WHUMPP! Heu in die Höhe.

Schlitternd kamen sie alle vor dem Loch in der Hecke zum Stehen, ließen die Räder fallen und zwängten sich hindurch. Dahinter war eine Wiese, und über die Wiese zog sich die frische Spur von zwei Fahrradreifen. Abgerissene Blätter und Äste lagen links und rechts neben der Spur, die geradewegs in einen Heuhaufen führte, der zwanzig Meter hinter der Hecke aufgetürmt worden war. Der Heuhaufen sah völlig verwüstet aus, das Heu war überall rund um ihn verstreut, und das Hinterrad von Vidocqs Drahtesel ragte heraus.

Das Fahrrad lag auf der Seite. Der Reifen drehte sich langsam. Ein paar Blätter schwebten immer noch aus der Luft herab.

Die Kinder rannten um den Heuhaufen herum. Sie fanden Vidocq auf der anderen Seite, wo er auf dem Bauch lag und den Kopf schüttelte wie ein Hund, der gerade aus dem Wasser kommt. Franzi war als Erste bei ihm. Zusammen mit Lena packte sie ihn an den Schultern und drehte ihn um. Vidocq starrte sie mit trüben Augen an.

»Haben Sie sich was getan?«, rief sie erschrocken.

»Heilige Johanna!«, ächzte Vidocq.

»Was tut ihnen weh?«, fragte Franzi und musste sich zusammenreißen, um den jungen Mann nicht zu schütteln. Am Ende machten sie seine Verletzung noch schlimmer, wenn sie ihn so grob anfassten. »Herr Vidocq – haben Sie sich verletzt?«

Vidocqs Blick klärte sich. Offenbar erkannte er die Kinder. Er wehrte ihre Hände ab und rappelte sich auf. Schwankend kam er auf die Beine. Er stierte erst Fynn an, dann den Heuhaufen, danach das Loch in der Hecke und anschließend Cornelius, der sich in diesem Augenblick mit knallrotem Kopf durch das Loch zwängte. »Heilige Johanna«, sagte er dann nochmals. »Was für ein Tempo! Ich werd verrückt. Was für ein Tempo!« Das letzte Wort schrie er plötzlich und stieß die Faust in die Luft. »Und das ganz ohne Pferde! Ja! Ja! Ja! Ich nehm es mit zurück nach Paris! Passt es in eure Zeitmaschine? Ich lass dieses Wunderding auf keinen Fall zurück! Ganz Paris wird mich beneiden. Ich werde es nachbauen. Ich werde es verkaufen. Ich werde reich!«

»Was für ein Wunderding?«, keuchte Cornelius und fiel neben Fynn auf die Knie.

»Na, das Fahrrad, du Ochse!«, rief Vidocq.

»Vorhin nannten sie es noch eine Höllenmaschine«, bemerkte Fynn.

»Vorhin«, äffte Vidocq ihn nach. »Vorhin, das war vor tausend Jahren. Ein bisschen mehr Flexibilität im Denken würde dir nicht schaden.«

»Sind Sie wirklich in Ordnung?«, fragte Franzi ungläubig.

»Kein Kratzer, Schätzchen.« Vidocq klaubte sich Heu aus den Haaren und entfernte einen Zweig aus seinem Hemdkragen. Sein Gesicht war so zerschunden, als hätte er mit einer Katze gerauft. Aber er grinste lässig. »Absolut kein Kratzer.«

Lena schüttelte den Kopf und stieß die Luft aus. »Der geht mir so was von auf die Senkel«, murmelte sie.

Cornelius sagte, noch immer atemlos: »Der Doktor ist weg.«

25

Eine Viertelstunde später standen sie ratlos mit ihren Rädern mitten in der Stadt Inverness. Die Häuser um sie herum waren schmuck, aber grau. Das einzig Bunte waren die Markisen der Läden, unter denen Menschen zusammenstanden und sich unterhielten oder in die Auslagen der Geschäfte blickten. Ab und zu rollte ein Auto vorbei, aber ebenso oft ein Pferdefuhrwerk. An der Straßenkreuzung, an der sie standen, ragte ein Brunnen mit einer Einfassung in die Höhe, die aussah, als hätte jemand die Spitze eines Kirchturms abgeschnitten und hierhergestellt. Die Straße war gepflastert. Ein paar neugierige Blicke trafen Vidocq, der in seiner altmodischen Kleidung auffiel, ansonsten wurden die fünf ignoriert.

Die meisten Leute steuerten auf ein großes Gebäude zu oder wimmelten bereits davor herum. Das Haus war vier Stockwerke hoch und ziemlich breit. Statt der bunten Markisen hatte es einen Schriftzug mit schweren metallenen Buchstaben an der Front: 𝔈𝔥𝔢 𝔍𝔫𝔳𝔢𝔯𝔫𝔢𝔰𝔰 𝔐𝔦𝔯𝔯𝔬𝔯, stand dort. Die Leute drängelten sich vor dem Eingang und vor einem der hohen Erdgeschossfenster. Autofahrer hielten davor an und hupten, in der Hoffnung, dass die Menge auseinanderging und sie auch etwas sehen konnten. Die Menge kümmerte sich jedoch nicht darum.

Einige Autofahrer stiegen aus, ließen ihre Kisten mit laufendem Motor am Straßenrand stehen und mischten sich unter die Neugierigen. Andere gaben auf und fuhren aufgebracht hupend weiter.

»Was gibt's da bloß zu sehen?«, wunderte sich Cornelius.

Vidocq lehnte sein Fahrrad gegen das von Cornelius und sagte lässig: »Halt mal, Schlauberger.« Dann spazierte er zu der Menge hinüber.

Die Kinder sahen sich an. »Der geht mir echt so was von auf den ...«, begann Lena wütend.

»Wir folgen ihm«, beschied Fynn. »Stellt die Räder beim Brunnen ab.«

Vidocq hatte sich bereits in der Menge vorgearbeitet. Man konnte seine Spur anhand der Leute verfolgen, die sich ärgerlich ihre verrutschten Hüte richteten oder sich die Seite hielten, wo ein Ellbogen sie getroffen hatte. Die Kinder fragten höflich, ob man sie vorlassen würde.

Eine ältere Frau drehte sich zu ihnen um. »Wollt ihr das wirklich sehen, Kinder?«, fragte sie. »Das ist sehr gruselig.«

»Was gibt es denn zu sehen, Madam?«, fragte Fynn.

Die Frau holte tief Luft. »Das Ungeheuer!«, sagte sie dann. »Das Monster aus dem See.«

Franzi rief: »Hat man es gefangen?«

»Nein, Mädel, und das fängt auch keiner!«, sagte ein Mann. »Alles Blödsinn.« Fynn hatte das Gefühl, dass er es nicht so verächtlich sagte, wie es wahrscheinlich hatte klingen sollen. Stattdessen klang der Mann eher so, als wollte er sich selbst beruhigen. Erst jetzt fiel Fynn auf, wie still die Menge war. Aufgeregtes Geraune hätte in der Luft hängen sollen. Aber die Leute wirkten entweder finster oder verunsichert.

»Die zeigen das Bild, das sie letztes Jahr schon veröffentlicht haben«, sagte die Frau und schüttelte sich. »Es sieht grässlich aus. Diese tückischen Augen! Die Zähne …!«

»Die zeigen nicht nur das Bild vom letzten Jahr!«, widersprach jemand anderer. »Es gibt ein ganz neues Foto.«

»Es ist beides ein übler Scherz, das ist alles«, sagte der erste Neugierige, der Franzi vorhin widersprochen hatte. »Das von diesem Jahr und das vom letzten Jahr!«

»Na, na, Fotos lügen nicht, mein Lieber.«

»Ich bin nicht Ihr Lieber, Freundchen. Wo kommen Sie überhaupt her? Sie sind ja wohl nicht von hier, oder?«

Erschrocken erkannte Fynn, wie gereizt viele Leute in der Menge waren. Er hätte gewettet, dass die Verärgerten allesamt Einheimische waren. Es roch nach einer Prügelei. War gestern Abend im Pub nicht auch beinahe eine Schlägerei ausgebrochen? Wieso reagierten die Leute hier so aufgebracht wegen des Monsters?

Und ... war es eventuell besser, abzuhauen, bevor es hier wirklich zu einer Schlägerei kam?

Plötzlich wurde Fynn gepackt. Vidocq! Der junge Mann zerrte ihn ohne großes Aufhebens durch die Menge und zu sich nach vorn. Die anderen nutzten die Chance und folgten ihnen.

»Ist es das ...«, zischte Vidocq und ließ Fynn los, nachdem er ihn direkt vor eines der großen Fenster gezerrt hatte, »... was ihr sucht?«

Fynn starrte das Foto an, das vielfach kopiert hinter der Fensterscheibe ausgestellt war. Es gab Zeitungsdrucke davon und Fotoabzüge. Sie waren allesamt schwarz-weiß, unscharf und körnig. Fynn holte tief Luft. Aus den Augenwinkeln sah er seine Freunde, die, genau wie er, entgeistert auf die Bilder starrten. Selbst Cornelius, der mehr über das Monster aus dem Loch Ness wusste, als sie alle zusammen, war sprachlos.

Die Augen des Tiers waren nicht zu sehen. Auch keine Zähne. Das hatte sich die Dame vorhin nur eingebildet – oder sie hatte das Bild gar nicht gesehen, aber mit wohligem Grusel all das übertrieben, was sie die Leute weiter vorn hatte sagen hören. Wenn man es genau nahm, war eigentlich überhaupt nicht viel auf dem Bild zu erkennen ... nur das Wichtigste ... und das war eindeutig!

»Das ist anscheinend das neue Bild«, sagte Cornelius. Er schluckte und tippte mit dem Finger gegen die Glasscheibe. Dahinter hing ein anderes Foto, das man so weit vergrößert hatte, wie es nur ging. »Das von diesem Jahr.«

Fynn nickte. Er begriff in diesem Moment noch etwas. Das neue Foto wurde heute zum ersten Mal gezeigt. Deshalb der Auflauf vor dem Zeitungsgebäude. Der Zeitungsverleger machte das Beste aus der Situation. Im Eingangsbereich des Verlagsgebäudes war ein Stand aufgebaut, hinter dem Zeitungsangestellte Extrablätter verkauften. Die Blätter gingen weg wie warme Semmeln. Die Käufer vertieften sich darin, die einen mit vor Faszination leuchtenden Augen, die anderen mit grimmigen Gesichtern.

»Wir sollen das Monster nicht suchen, sondern herausfinden, ob es wirklich existiert«, widersprach Lena dem, was Vidocq vorhin gesagt hatte. Aber sie sprach ungewohnt leise. Sie dachte bei sich, dass es leicht war, die Suche nach dem Ungeheuer nicht allzu ernst zu nehmen, solange man noch kein Bild davon gesehen hatte. Nun jedoch ...

»Das Ungeheuer gibt es!«, sagte Vidocq barsch. »Da habt ihr den Beweis.«

Obwohl Fynn große Lust hatte, Vidocq zu widersprechen, schwieg er. Der junge Franzose hatte recht. Wenn man jemals daran gezweifelt hatte, dass das erste Foto von einem existierenden Wesen stammte, dann war das zweite Foto der endgültige Beweis – auch wenn es noch körniger und unschärfer war als das erste. Es zeigte die Kreatur in einem ganz ähnlichen Augenblick – wie sie ihren langen Hals aus dem Wasser reckte, um Luft zu holen.

Ihren langen Hals, der aus einem mächtigen, nur ein kleines Stück aus dem Wasser schauenden Rumpf ragte, und an dessen Ende ein kleiner Kopf saß.

Fynn und Cornelius blickten sich an. Cornelius kannte sich in solchen Dingen viel besser aus, dennoch bestand für Fynn kein Zweifel, was er da vor sich hatte.

»Plesiosaurus«, flüsterte Cornelius.

Das Monster im Loch Ness sah aus wie ein Dinosaurier.

Es war ein Dinosaurier.

Aber Dinosaurier waren seit Hunderten von Millionen Jahren ausgestorben!

»Einer muss überlebt haben«, murmelte Fynn, ohne es zu merken.

»Eine ganze Familie«, korrigierte Cornelius leise. »Und hier im See haben sie sich Millionen von Jahren versteckt – sie und ihre Kinder und Kindeskinder und …«

Es war eine Sensation.

Ein Foto eines lebenden Dinosauriers!

Nein, ein echter lebender Dinosaurier!

Sie hatten das Rätsel gelöst!

Und dann sagte ausgerechnet Vidocq: »Schon merkwürdig. Seht doch mal, wer das Bild gemalt hat.«

»Es ist eine Fotografie!«, knurrte Lena und rollte mit den Augen.

Die anderen achteten nicht auf sie. Sie drückten sich die Nasen platt, um die kleine Bildunterschrift auf dem Zettel zu lesen, den die Zeitungsleute an das Foto geklebt hatten.

Fotografie vom 19. April 1934, stand darauf. Fotograf: Dr. R.K. Wilson.

26

MEEEEP! MEEEEP!

Ein Hupkonzert ertönte plötzlich. Alle drehten sich um. Immer mehr Fahrzeuge rollten heran. Die Karossen waren staubbedeckt und schlammbespritzt. Aus einem der Wagen kletterte ein Mann und rief: »Auf zum See! Nach Drumnadrochit! Heute wird das Monster gefangen! Einsteigen, wer mitfahren will!«

Wenige Augenblicke später war der Platz vor dem Zeitungsgebäude wie leer gefegt. Die meisten Neugierigen rannten zu den Wagen und drängten sich hinein. Zu fünft, zu sechst, zu siebt quetschten sie sich in die Fahrerkabinen. Schwankend und schwerfällig rollten die Autos an. Nur noch ein paar Einheimische waren zurückgeblieben, die Vidocq und den Kindern misstrauische Blicke zuwarfen, die Extrablattverkäufer wütend anzischten und dann davonstapften.

»Wilson hat das Foto gemacht?«, fragte Lena. »Denke nur ich, dass das ein mehr als merkwürdiger Zufall ist?«

»Und wieso ist der Kerl dann so nervös?«, überlegte Cornelius. »Wenn ich ein Beweisfoto von dem Monster im See gemacht hätte, würde ich mich überall feiern lassen.«

»Du siehst doch, wie die Einheimischen drauf sind. Die wollen nichts von dem Ungeheuer wissen. Vielleicht ist er deshalb so nervös – weil er Angst hat, dass er wegen des Fotos Schwierigkeiten bekommt.« Franzi zuckte mit den Schultern.

»Nein, das ist eine andere Art von Nervosität«, meldete Vidocq sich unerwartet zu Wort. »Der Doktor hat Dreck am Stecken. Der hat was zu verbergen. Glaubt mir, damit kenn ich mich aus.«

»Na logo, weil Sie nämlich ...«, begann Lena.

»... später ein berühmter Detektiv sein werden«, fiel Franzi ihr ins Wort. Sie warf Lena einen warnenden Blick zu. Vielleicht war es besser, wenn Vidocq nicht klar war, wie viel sie über ihn wussten. Falls er als junger Mann tatsächlich ein Verbrecher gewesen war, wurde er womöglich ungemütlich, wenn man ihn direkt darauf ansprach. Und genau das hatte Lena tun wollen.

Vidocq lachte amüsiert. »Na klar«, sagte er. »Ich werde mal ein Polyp. Wann wird das sein? Wenn die Hölle zufriert?«

»Meinen Sie wirklich, der Doktor ist so komisch drauf, weil er was verbirgt?«, fragte Fynn. Er wollte das Gespräch wieder in ein anderes Fahrwasser bringen. Und er wollte, dass sie sich auf ihre Aufgabe konzentrierten. Der größte Teil des Vormittags war inzwischen vergangen. Sie verloren immer mehr Zeit. »Was könnte das sein?«

Vidocq zuckte mit den Schultern. Dann bequemte er sich zu der Antwort: »Dem trau ich alles zu.«

»Ich finde, er wirkt eher verängstigt als böse«, meinte Franzi.

»Du bist ja auch nicht von ihm an ein Bett gefesselt worden!«

»Was machen wir jetzt?«, fragte Cornelius. »Den Doktor haben wir jedenfalls aus den Augen verloren.«

»Wir fahren auch nach Drumnadrochit«, sagte Fynn. »Wenn

man dort versucht, das Monster zu fangen, sollten wir dabei sein.«

»Und wie willst du dahin kommen?« Cornelius blickte sich ratlos um.

Fynn deutete auf die Fahrräder, die noch immer am Brunnen lehnten. Cornelius stöhnte. »Das sind doch gut und gern zwanzig Kilometer!«

»Schadet dir gar nichts, Schlauberger«, sagte Vidocq. »Du hast viel zu wenig Bewegung, wenn du mich fragst. Bis du dort ankommst, bin ich schon wieder auf dem Rückweg.«

»Sie fragt aber keiner«, stieß Lena hervor.

»Sie wollen mitfahren?«, fragte Franzi erstaunt. Sie hatte sich darauf eingestellt, Vidocq zum Mitkommen überreden zu müssen.

»Na klar. Wenn ich schon mal da bin, kann ich mir auch ansehen, welchen Mist ihr als Nächstes baut.«

Fynn wollte etwas sagen, aber dann schwieg er doch und grinste stattdessen in sich hinein. Er hatte so eine Ahnung, dass sich hinter der schnodderigen Aussage Vidocqs eigentlich die Sorge verbarg, ohne die Kinder aufgeschmissen zu sein. Bis jetzt war er es gewesen, der ständig Mist gebaut hatte. Er musste erkannt haben, dass die Kinder ihm halfen.

Als sie losradelten, wurde Fynn jedoch klar, dass er mit seiner Vermutung völlig danebengelegen hatte. Vidocq kam nur mit, weil er vom Radfahren fasziniert war. Schon nach kurzer Zeit radelte er weit voraus, und sie sahen ihn Schlangenlinien und Kurven auf der Straße fahren und hörten ihn jauchzen und »Hüah! Hüah!« schreien.

27

Es war bereits Mittag, als sie das Bridgend Pub und den See erreichten. Der kleine Ort Drumnadrochit platzte vor Menschen aus allen Nähten. Der Wirt des Pubs hatte das Geschäft seines Lebens gewittert und verkaufte vor seiner Kneipe Sandwiches und Bier vom Fass. Er und sein Sohn Angus waren total im Stress. Sie sahen nicht einmal auf, als die fünf mit den Rädern an ihnen vorbeifuhren.

»Oh Mann, ist das ritz«, murmelte Lena, als sie sahen, was auf dem See los war.

Bei Tageslicht konnte man erkennen, dass Drumnadrochit in einer kleinen Bucht lag. Zwei Bäche führten aus dem Hügelland durch den Ort hindurch und ergossen sich in den See. Der größere der beiden, auf dem sie gestern Nacht die Boote gesehen hatten, wimmelte vor Wasserfahrzeugen. Kanus, Faltboote, Ruderboote, Jollen, kleine Segelboote mit gerefften Segeln, Kähne – was immer schwimmen konnte und entweder schon auf dem Fluss gewesen war oder einer der Einwohner aus irgendeinem Bootsschuppen hervorgezogen hatte, war unterwegs zur Mündung des Flusses und hinaus auf den See. Dort tummelte sich bereits ein Haufen Boote und fuhr in alle Richtungen durcheinander. Kaum einer der Bootsführer schien eine Ahnung zu haben, was er tun musste, damit sein Gefährt dorthin fuhr, wohin er wollte. Es konnte nur eine Frage der Zeit sein, bis das erste Bootsunglück passierte und ein paar Leute baden gingen.

Nur wenige Einwohner Drumnadrochits waren mit hinausgefahren. Sie hatten stattdessen ihre Boote den Spinnern geliehen, die Jagd auf das Monster machen wollten, und standen mit steinernen Gesichtern am Ufer. Viele von ihnen hielten Geldbündel in den Fäusten – die Miete, die sie für die Boote verlangt hatten und die mit Sicherheit zehnmal so hoch gewesen war wie sonst.

Vidocq, der mit am Ufer gestanden hatte, kam auf sie zu und lächelte verächtlich. »Dass die Verrückten Jagd auf das Ungeheuer machen wollen, passt ihnen offenkundig nicht. Aber darauf verzichten, mit der Bootsmiete reich zu werden, wollten sie auch nicht. Pah! Scheinheilige Bande.«

»Wo haben Sie Ihr Fahrrad gelassen?«, fragte Cornelius.

Vidocq deutete vage die Straße hinunter. »Hab es so einem Trottel verkauft, der kein Boot mehr bekommen hat und dem irgendjemand erzählte, dass man weiter unten in einem Kaff namens Invermoriston noch welche leihen könnte.« Vidocq holte eine Handvoll zerknitterter Geldscheine aus der Tasche und grinste. »Jeden Tag steht ein Dummer auf und wartet darauf, dass man ihm seine Kohle abnimmt.«

»Sie durften das Rad nicht verkaufen! Das gehörte Ihnen nicht!«, sagte Franzi schockiert.

»Euch auch nicht, und trotzdem habt ihr sie mitgenommen«, konterte Vidocq.

»Aber wir bringen die Räder wieder zurück!«, rief Fynn. »Und wir freuen uns auch nicht gerade diebisch darüber, dass wir sie geklaut haben!«

»Mit der Betonung auf ›diebisch‹«, sagte Lena düster.

»Sind alle Erwachsenen in Ihrer Zeit so?«, wollte Cornelius wissen.

Vidocq blickte von einem zum anderen. Fynn sah überrascht, wie Verlegenheitsröte in sein Gesicht stieg. Dann winkte er barsch ab und drehte sich von ihnen weg. »Pah! Ihr seid nichts als Schwätzer.« Fynn blieb nicht verborgen, dass er sich hastig umblickte – als könne er den Mann, dem er das gestohlene Rad verkauft hatte, noch entdecken und den Handel rückgängig machen.

Lena murmelte etwas. Dann wurden sie abgelenkt, weil auf dem See das erste Bootsunglück passierte.

28

Nachdem die gekenterten Monsterjäger an Land geschwommen waren und nass und vor Kälte bibbernd herumstanden, sagte Lena: »Na gut. Und jetzt? Wollen wir warten, bis jemand den Dinosaurier an der Gurgel packt und aus dem Wasser zieht?«

»Dinosaurier?«, fragte Vidocq.

»Das Ungeheuer dürfte wahrscheinlich ein Plesiosaurus sein«, erklärte Cornelius und begann allen ausführlich zu beschreiben, wie ein Plesiosaurier aussah. »So ähnlich wie eine riesengroße Robbe mit einem langen Giraffenhals und einem kleinen Kopf vorn drauf.«

Vidocq schüttelte verständnislos den Kopf. Lena schnaubte. »Noch nie was von einem Dinosaurier gehört?« Sie hätte beinahe noch verächtlich hinzugefügt: »Aus welchem Jahrhundert kommen Sie denn?«, konnte es sich aber gerade noch verkneifen. Aus Verlegenheit über die dumme Bemerkung, die ihr fast herausgerutscht war, fügte sie hinzu: »Ein Dinosaurier ist so was Ähnliches wie ein Drache.«

»Aua, Lena!«, rief Cornelius unwillkürlich. »Du weißt schon, dass es ungefähr siebenhundert verschiedene Saurierarten gab, von ganz klein bis riesengroß?«

»Es gibt keine Drachen«, sagte Vidocq.

»Aber Saurier gab es. Und das Ungeheuer vom Loch Ness ist wahrscheinlich einer.« Cornelius war davon überzeugt.

Vidocq verdrehte gelangweilt die Augen. »Was immer du sagst, Schlauberger.«

»Ich hatte gehofft, dass Wilson hier irgendwo zu finden ist«, sagte Fynn. »Dann könnten wir ihn fragen, was er gesehen und fotografiert hat, und vielleicht bringen wir ihn sogar dazu, uns das Ganze aufzuschreiben. Das könnten wir dann in unsere Zeit mit zurücknehmen und hätten das Rätsel geklärt.«

»Und du glaubst, dass der Doktor tut, worum wir ihn bitten?«

»Wir können ihn zumindest fragen«, meinte Fynn, der sich seiner Sache keineswegs sicher war.

Er, seine Freunde und Vidocq standen in einer Menschenmenge am Ufer des Sees, die immer größer zu werden schien. Als die Boote gekentert waren, hatte die Menge gelacht und gepfiffen. Jetzt hörte Fynn, wie sie sich hinter ihnen teilte und jemand sich durchdrängte, aber er ignorierte die Geräusche. Er wurde erst aufmerksam, als er jemanden sagen hörte: »Hoppla, Officer. Hab Sie nicht gesehen. Wen wollen Sie denn verhaften?«

»Den hier«, sagte eine Stimme, die Fynn bekannt vorkam. Erschrocken drehte er sich um. Vor ihnen standen die beiden Polizisten, die sie gestern mit nach Inverness genommen hatten. Einer von ihnen hatte Vidocq bereits am Arm gepackt. »Sie sind verhaftet wegen Ausbruchs aus einem gesicherten Raum eines Krankenhauses, Diebstahls eines Schwesternkittels, Fahrraddiebstahls und der Verführung Minderjähriger mit dem Ziel, Ihnen bei Ihren Taten zu helfen. Ihre Gehilfen sind vorerst ebenfalls verhaftet, bis wir ihre Eltern ausfindig gemacht haben.«

Fynn und die anderen standen da wie erstarrt. Cornelius war vor Schreck eiskalt geworden. Lena hatte den völlig konfusen Gedanken, dass sie ihren Eltern nie wieder unter die Augen treten konnte, wenn sie jetzt verhaftet wurde. Fynn und Franzi wünschten sich, sie hätten die Fahrräder nicht genommen und vor allem ihre Freunde nicht mit in die Geschichte hineingezogen.

Lediglich Vidocq schien vollkommen unberührt. Er griff nach der Hand auf seiner Schulter und machte eine schnelle Bewegung, an deren Ende der Polizist plötzlich auf dem Boden lag. Die Menge, die einen Kreis um sie gebildet hatte, keuchte überrascht auf. Der Polizist sah genauso überrascht aus.

»Lauft!«, rief Vidocq und gab Fynn einen Schubs. »Ich halte die Polypen auf.«

Er fuchtelte mit beiden Händen in der Luft herum und nahm eine merkwürdige Stellung ein. »Haiiiiiiyah!«, rief er und winkte den Polizisten zu, von denen der eine dem anderen gerade aufhalf. »Na, wer will der Erste sein? Ich bin ein Meister der orientalischen Kampfkunst!«

Fynn und die anderen flüchteten, aber sie kamen nicht weit. Anstatt sie durchzulassen, schloss die Menge sich zusammen. Grobe Hände packten sie und hielten sie fest. Lena schimpfte und wand sich. Cornelius fing an zu weinen. Fynn reckte den Hals nach Vidocq.

Dieser machte langsame Bewegungen mit den erhobenen Händen und umkreiste dabei die Polizisten. In Abständen rief er »Haiiiiiiyah!« und schlug ein Luftloch.

Die Polizisten wechselten einen Blick. Dann zog der eine seine Jacke aus, gab sie seinem Kollegen, krempelte sich die Ärmel hoch und stellte sich mit erhobenen Fäusten hin wie ein Boxer.

»Ich mache Sie darauf aufmerksam, dass ich den elften Grad erreicht habe«, sagte Vidocq angeberisch und tänzelte auf der Stelle. »Selbst ein langjähriger Meister erreicht oft nicht mehr als den neunten ...«

Es war klar, dass der Polizist kein Wort verstand. Doch das machte nichts. Mit einem resignierten Seufzer schlug er eine Gerade und traf mit der Faust genau Vidocqs Kinn. Vidocqs Kopf schnellte zurück. Er lächelte, dann rollten seine Augen nach oben, seine Beine schienen zu Gummi zu werden, und er fiel auf den Kies und rührte sich nicht mehr.

»Lauter Spinner«, murmelte der Polizist und zog seine Jacke wieder an. Dann machte er eine Kopfbewegung zu den Leuten. Ein paar von den Männern bückten sich und hoben den besinnungslosen Vidocq hoch. Die anderen zerrten die Kinder mit sich. Das Polizeiauto stand mit laufendem Motor neben der Straße und die Kinder wurden mitsamt Vidocq hineinverfrachtet.

Sie hatten vielleicht noch vierzehn, fünfzehn Stunden bis Mitternacht, sie hatten keine Ahnung, was sie tun sollten – und jetzt waren sie auch noch verhaftet.

29

»Verglichen mit den Kerkern in Paris ist das hier erste Sahne«, sagte Vidocq. Er stand in der Mitte ihrer gemeinsamen Zelle, die Hände in die Hüften gestemmt, und blickte sich anerkennend um. »Toll. Ich muss schon sagen!«

»Wir sind im Gefängnis!«, rief Cornelius, der seit ihrer Verhaftung ein Nervenbündel war. Die Tränen standen ihm in den Augen. »Daran ist nichts toll!«

»Sie sind natürlich anderes gewöhnt«, sagte Lena. Sie versuchte wie immer ihre Unsicherheit mit Aggressivität zu bekämpfen. Im Grunde hätte sie auch am liebsten geweint. Dass sie im Gefängnis saßen, empfand sie als tiefe Demütigung, und es machte ihr Angst.

»Das kannst du glauben, dass ich anderes gewöhnt bin«, meinte Vidocq. Plötzlich gab er seine überlegene Pose auf und sah sie alle mit hängenden Schultern an. Fynn und Franzi, die auf einer Pritsche in der Zelle saßen, rückten unwillkürlich beiseite. Vidocq ließ sich auf die Pritsche plumpsen. Er seufzte. »Und ich werde wirklich später mal ein berühmter Detektiv?«, fragte er.

»Ja, und der erste der Welt.«

»Ich muss euch was gestehen. In Paris ... also in meiner Zeit ... also dort, wo ich herkomme ... also ich meine jetzt gerade ... da bin ich ...«

»Wir wissen es schon. Ein Betrüger, ein Dieb und ein Fälscher. Außerdem sind Sie aus der Armee desertiert.«

Vidocq starrte sie alle mit offenem Mund an. »Ihr ... wisst ... das?«, brachte er mühsam hervor.

»Nicht, dass Sie es uns selbst mitgeteilt hätten«, erklärte Franzi mit einem schiefen Grinsen. »Was das betrifft, ist Ihr altes Ich nicht viel anders, als Sie jetzt sind.«

»Ich hab ja wirklich versucht, ehrlich zu werden. Aber wenn man einmal im Schlamassel steckt und sich die Hände schmutzig gemacht hat ...«

Lena fühlte sich von Vidocqs widerwilligem Geständnis seltsam berührt. Sie hörte sich selbst sagen: »Keine Sorge, irgendwann gehören Sie dann doch zu den ritz ... zu den Guten.«

Noch bevor Vidocq antworten konnte, wurde die Tür aufgesperrt, die von der Polizeidienststelle zum Zellentrakt führte. Ein Polizeibeamter brachte einen Mann herein. Er hielt ihn dabei an beiden Oberarmen fest. Das war auch nötig. Der Mann wäre sonst über seine eigenen Füße gefallen. Der Polizist lehnte den Mann an die Wand neben einer leeren Zelle. Während er sie aufsperrte, rutschte der Mann langsam an der Wand nach unten, bis er auf dem Boden saß. Dort stierte er glücklich grinsend vor sich hin. Der Polizist wuchtete ihn ächzend hoch und bugsierte ihn in die Zelle. Sie lag direkt neben der Vidocqs und der Kinder. Der Mann rollte sich auf der Pritsche zusammen, zerknüllte die grobe Decke, die dort lag, umschlang sie mit den Armen und lallte: »Lassich umarmen, Mädel!« Alkoholgeruch machte sich um ihn herum breit.

Franzi und die anderen verzogen die Gesichter. Lena und

Cornelius, die nicht auf der Pritsche saßen, wichen unwillkürlich ein paar Schritte zurück. Betrunkene waren Lena unheimlich. Sie konnte sehen, dass es Cornelius nicht anders ging.

Der Polizist schlug die Zellentür zu und verriegelte sie. »Schlaf deinen Rausch aus, MacLeod«, seufzte er. »Was musst du dich schon wieder so volllaufen lassen?«

MacLeod setzte sich plötzlich auf. Er stierte den Polizisten an. »Weise dasss Glück vom Loch Ness vertreim, deshalb!«

»Red keinen Unsinn«, brummte der Polizist. Aber er machte das Kreuzzeichen vor seinem Gesicht und seiner Brust.

»Wirsschon sehen – sie vertreim das Glück«, rief MacLeod. »Wirsses schonnoch sehen!«

Der Polizist wandte sich ab. Als er in die Zelle Vidocqs und der Kinder blickte, schien er zu erkennen, dass alle ihn beunruhigt anstarrten. Lediglich Vidocq musterte den Betrunkenen amüsiert und mit leiser Verachtung.

Der Polizist tippte sich an die Stirn. »MacLeod hat nicht alle Karos auf dem Tartan«, sagte er. Dann ging er hinaus und schlug die Tür zum Zellentrakt zu.

Lena blickte zu dem Betrunkenen. Als sie bemerkte, dass der sie anglotzte, wich sie noch einen Schritt zurück. Sie stieß gegen Cornelius und lehnte sich unwillkürlich an ihn. MacLeod schwankte, dann rülpste er so laut, dass seine Zellentür klirrte.

»'schulligung«, sagte er und wollte sich offenbar die Hand vor den Mund halten. Doch er traf nicht ganz und fasste sich ins Auge. »Aua.«

»Sie sind ja so besoffen wie ein Hooligan«, sagte Lena abfällig. Ihre Furcht vor dem Betrunkenen verwandelte sich allmählich in Wut.

»Wassissn Huuligenn?«, fragte MacLeod, dessen Auge tränte. Er schluckte den nächsten Rülpser hinunter, schüttelte sich und sagte noch einmal: »'schulligung.«

»Wieso haben Sie gesagt, die Leute vertreiben das Glück vom Loch Ness? Welche Leute?«, fragte Franzi. Lena seufzte. Sie fand den Besoffenen nur widerwärtig, aber Franzi war bei so etwas immer total geduldig.

»Das Glück vom See, jawoll Mädel, das Glück vom See!«, lallte MacLeod. »Tausn Jahre und länger hat die Kreatur dem Loch Ness Glück gebracht. Unnen Leuten ummen See herum. Hat uns allen das Glück gebracht. Jedes Jahr isses gekommen, un jedes Jahr hamwa Glück gehabt. Uns allen geht's gut hier am See. Seit tausn Jahren und länger! Un jetz hamse die Kreatur verschreckt – letztes Jahr, mitm Foto und so und mit all dem Rummel, der dann aufm See war! Un mit der Belohnung, wo der verdammte – oh, 'schulligung, Mädels, muss auf meine Sssunge achten! –, wo der verflixte Zirkusdirektor für die Kreatur ausgeschriem hat. Damit se einer für ihn fängt! Die Kreatur kamma nich fangen! Darfma nich fangen! Un das Glück kamma nich kaufen, auch nich mit noch so viel Geld. Un jetzt hamse die Kreatur verschreckt und se kommt nich wieder, weilse schon längst hätte da sein müssen, weil Frühjahr is und sie immer im Frühjahr gekommen is, aber diesma isse nich gekommen un se wird auch nich wieder kommen un deshalb isses Glück weg vom Loch Ness un kommt auch nich wieder.« MacLeod starrte traurig vor sich hin, dann rülpste er abermals gewaltig. »Oh, 'schulligung.«

Franzi keuchte aufgeregt und rief: »Also gibt es das Ungeheuer doch! Jeder, der hier lebt, hat uns erzählt, es wäre alles Unsinn! Dabei wussten alle Bescheid! Sie wollen nur nicht, dass Fremde davon erfahren, weil sie Angst haben, dass die Kreatur sonst eingefangen wird oder nie mehr wiederkommt!«

»Ein Plesiosaurus!«, stöhnte Cornelius. »Das ist die Wucht!«

MacLeod starrte sie diesmal voller Schreck an. »Heiliger Andreas!«, stieß er hervor. »Ich hättie Klappe halten solln!« Er schlug sich erneut eine Hand vor den Mund. Diesmal traf er ihn. Die Augen in seinem geröteten Gesicht waren riesengroß vor Entsetzen darüber, dass er das Geheimnis des Sees verraten hatte. Im nächsten Moment rollte er sich auf seiner Pritsche zusammen, umarmte das Deckenbündel und murmelte: »Ich hab nix gesagt, das bildn die sich nur ein, ich hab die Klappe gehalldn, der alte MacLeod verrät nix ...«

Fynn hielt nichts mehr auf der Bank. Er sprang auf. »Das ist es!«, rief er. »Wir haben das Rätsel gelöst! Das Ungeheuer vom Loch Ness gibt es! Nur haben die Leute rund um den See immer darüber geschwiegen, weil sie es für ihren Glücksbringer halten. Niemand, der nicht hier lebt, sollte davon erfahren. Darum gab es auch in all den Jahren immer nur unbestätigte Gerüchte! Und es ist ein Plesiosaurus! Wir können zurück nach Hause!«

Er und Franzi umarmten sich. Dann klatschte er Cornelius ab.

Lena fühlte sich innerlich ganz schlecht, dass sie es sein musste, die die Freude verdarb. »Habt ihr nicht zugehört? Das Ungeheuer ist dieses Jahr nicht wiedergekommen. Warum? Wieso bleibt es auf einmal weg?«

»Das ist nicht mehr Teil des Rätsels«, widersprach Cornelius.

»Was? Das ist das eigentliche Rätsel! Überleg doch mal! All die Jahrhunderte gibt es nur Gerüchte über das Tier. Dann gibt es auf einmal – voriges Jahr – ein Foto davon. Und seitdem ist es spurlos verschwunden. Wenn wir das nicht aufklären, brauchen Fynn und Franzi dem alten Vidocq gar nicht unter die Augen zu treten.« Sie räusperte sich und betrachtete den jungen Vidocq ungnädig. »Von Ihnen wäre er sowieso am meisten enttäuscht, wenn er Sie kennenlernen würde.«

Vidocq grinste verächtlich. »Ich glaube, mein altes Ich wird sich mit großem Stolz daran erinnern, wie ich als junger Mann war.«

Lena verdrehte die Augen. Zu ihrem Erstaunen sagte Vidocq dann: »Aber Lena hat recht. Ihr habt nur die Hälfte des Rätsels gelöst. Ihr müsst euch ranhalten, auch den Rest noch zu klären.«

»*Wir* müssen uns ranhalten«, betonte Franzi.

»Ja, ja, *wir*«, sagte Vidocq. »Schon gut.« Er verfiel in Schweigen. Lena hatte das Gefühl, dass es für ihn noch lange nicht geklärt war, ob er ihnen helfen würde oder nicht. Wie konnte der Typ nur so ätzend sein und dabei gleichzeitig so hübsch aussehen mit seiner wilden Lockenmähne und dem Bärtchen? Sie biss die Zähne zusammen und sah den künftigen Detektiv böse an.

Fynn und Franzi nickten langsam. »Stimmt«, seufzte Fynn. »Wir haben unsere Mission noch nicht erfüllt.«

»Oh Mann«, sagte Cornelius. »Oh Mann.«

»Nimm's nicht so tragisch«, tröstete Lena ihn. »Wir kriegen den Rest auch noch raus, und dann ist alles ritz.«

»Oh Mann«, wiederholte Cornelius. Er schaute Lena gar nicht an. »Ein Plesiosaurus! Und wir wissen jetzt, dass es ihn tatsächlich gibt. Ich werd verrückt!«

»Vielleicht kriegen wir aus MacLeod noch mehr raus«, meinte Fynn. »Können Sie ihn nicht ein bisschen aushorchen, Herr Vidocq?«

»Wie denn? Ich versteh den Kerl doch nicht. Und er mich auch nicht. Oder hat er vorhin Französisch gesprochen und ich hab's nicht mitbekommen?«

Die Kinder sahen sich an. Sie hatten vergessen, dass Vidocq es nicht so einfach hatte wie sie und jede Sprache so verstand, als wäre sie seine eigene. Aber es hätte ohnehin keinen Sinn gehabt. MacLeod war eingeschlafen und schnarchte wie ein Sägewerk.

Kurze Zeit später kam ein anderer Polizist mit einem Tablett in der Hand. Darauf standen fünf dampfende Schüsseln und fünf Tassen, aus denen ebenfalls Dampf aufstieg.

»Mittagessen«, sagte der Polizist. »Alle stellen sich mit dem Gesicht zur Rückwand.«

Sie folgten dem Befehl und hörten, wie er hinter ihnen die Zellentür aufschloss und das Tablett auf den Boden stellte. Dann schloss sich die Zellentür wieder. »Mahlzeit«, sagte der Beamte. Er spähte zu MacLeod hinein und schien zu überlegen, ob er ihn wecken und ihm auch etwas zu essen bringen oder ihn weiterschnarchen lassen sollte.

»Dafür, dass Sie nichts verstehen, haben Sie den Befehl aber ziemlich gut befolgt«, ätzte Lena.

Vidocq zuckte mit den Schultern. »Bin das gewöhnt«, sagte er nur. »In Paris im Bau ist es nicht anders. Nur dass …«, er betrachtete misstrauisch die Schüssel, die Franzi ihm hinschob, »… ich wenigstens ansatzweise wusste, was in dem Essen war.«

»Was ist das?«, fragte Franzi den Polizisten und deutete auf die Schüssel. Dort drin befand sich ein graubrauner Brei, der würzig und ein bisschen nach Pfeffer roch.

»Haggis«, sagte der Polizist. »Guten Appetit.«

»Haggis?«

»Das ist das schottische Nationalgericht«, erklärte Cornelius.

»Und was ist da drin?«, fragte Lena.

»Keine Ahnung«, sagte Cornelius.

»Ah, der Schlauberger ist am Ende seiner Weisheit«, brummte Vidocq.

Der Polizist kam wieder zurück. »Zurücktreten und mit dem Gesicht zur Wand«, sagte er und öffnete die Zellentür.

»Wir haben noch gar nicht angefangen zu essen«, protestierte Fynn.

»Gott sei Dank«, murmelte Vidocq. Er und Lena wechselten einen Blick. Der junge Mann zwinkerte ihr zu. Lena war so überrascht, dass sie lächelte.

Sie hörten, wie das unberührte Essen wieder abgeräumt wurde. Cornelius fragte sich, ob es vielleicht doch nicht Haggis war, was da in den Schüsseln dampfte, und ob die Polizisten ihre Gespräche belauschten und beleidigt waren, dass er das Nationalgericht mit etwas anderem verwechselt hatte.

Die Tür wurde wieder geschlossen.

»Umdrehen«, sagte der Polizist.

Ein Mann in Zivilkleidung stand jetzt neben ihm und musterte sie neugierig. Er trug einen zerknautschten breitkrempigen Hut und einen Schnurr- und Kinnbart, der bereits ergraute. Seine Augen waren groß und blau, und seine Augenbrauen gesträubt wie zwei Zahnbürsten. Der Polizist hielt einen deutlichen Abstand zwischen sich und dem Besucher ein. Er schien ihn nicht zu mögen.

»Sind Sie sich sicher, Sir?«, fragte er den Mann mit dem Hut.

Der Mann nickte.

Zur Überraschung aller sperrte der Polizist die Zellentür wieder auf. »Ihr seid frei«, brummte er. »Macht, dass ihr rauskommt.«

»Frei?«, fragte Fynn fassungslos. »Wie das denn jetzt?«

»Jemand hat die Kaution für euch bezahlt und die Bürgschaft für euch übernommen. Genauer gesagt, dieser Gentleman hier hat es getan.«

Der Mann mit dem Hut machte eine kleine Verbeugung. »Ich möchte nur helfen«, sagte er mit tiefer Stimme und lächelte freundlich. Seine blauen Augen blickten dabei so scharf wie zuvor. »Denn ich bin sicher, dass hier ein großes Missverständnis vorliegt. Darf ich mich vorstellen? Mein Name ist Marmaduke Wetherell.«

31

Marmaduke Wetherell! Der Großwildjäger! Der Mann, der letztes Jahr schon hier gewesen war und Spuren des Ungeheuers gefunden hatte. Und der jetzt wieder hergekommen war, um die Kreatur zu fangen! Fynn spürte, dass sich Franzis Gedanken im selben Kreis wie seine drehten, während sie im knatternden und dröhnenden Auto Wetherells saßen. Die Kinder waren auf der Rückbank zusammengepfercht. Vidocq saß auf dem Beifahrersitz und unterhielt sich angeregt mit Wetherell, der offenbar Französisch konnte. Sie hatten keine Ahnung, wohin Wetherell sie fuhr, nachdem er das Geld für ihre Freilassung hinterlegt und sie befreit hatte.

Lena gab Fynn einen Rippenstoß. »Sieh mal!«, zischte sie.

Wetherell wedelte gerade mit einem Packen Geldscheinen und drückte ihn dann Vidocq in die Hände. Fynn spitzte die Ohren. Das Dröhnen des Autos machte es fast unmöglich zu verstehen, was die beiden Männer miteinander sprachen.

»Nehmen Sie es ruhig an«, sagte Wetherell. »Sie sind sicherlich mittellos. Nehmen Sie das Geld. Es gibt keinen Grund, sich zu schämen. Ich freue mich, wenn ich Ihnen helfen kann.«

Vidocq steckte das Geld ein. Er machte nicht den Eindruck, als ob er sich auch nur ein bisschen schämte.

»Wo fahren wir hin?«, rief Franzi, um den Lärm des Motors zu übertönen.

Wetherell blickte über die Schulter und lächelte. »Zum Bahnhof, Kinder.«

»Zum Bahnhof?«

»Ihr könnt einen Zug nach Aberdeen nehmen. Von dort aus kommt ihr überallhin. Das Geld reicht für die Tickets und etwas Anständiges zu essen für euch alle.«

»Wir wollen aber nicht zum Bahnhof!«, rief Fynn. »Im Gegenteil! Wir müssen mit Ihnen reden!«

Wetherell wandte sich ab und konzentrierte sich wieder aufs Fahren. Nach ein paar Minuten hielt er vor dem Bahnhofsgebäude. »Bin gleich wieder da!«, sagte er fröhlich und stieg aus, bevor sie noch etwas sagen konnten.

Einige Augenblicke saßen sie wortlos da. Das Auto bebte und wackelte, der laufende Motor orgelte. Lena arbeitete sich plötzlich aus der engen Sitzbank heraus und beugte sich nach vorn. »Ziehen Sie den Schlüssel ab!«, sagte sie zu Vidocq. »Das ist Umweltverschmutzung, den Motor laufen zu lassen!«

»Ich fasse dieses Ding nicht an«, sagte Vidocq. »Mir reicht es schon, drinzusitzen. Ein Fahrrad wäre mir lieber.«

Wetherell kam in Begleitung eines Polizeibeamten zurück. Fynn und Franzi sahen sich an und fragten sich, was das nun wieder bedeuten sollte. Hatte Wetherell sie befreit, nur um sie erneut verhaften zu lassen?

»Der Officer wird euch zum Zug begleiten«, sagte Wetherell. »Nicht, dass ihr in den falschen Zug einsteigt. Der Bahnhof ist ein bisschen unübersichtlich.«

Man konnte dem Polizisten ansehen, dass er sich seinen Teil dachte und nicht der Meinung war, dass es besonders schwierig war, sich im Bahnhof von Inverness zurechtzufinden. Aber er nickte nur und legte eine Hand wie zum Salutieren an die Mütze. Dann zwirbelte er ungeduldig an seinem Schnurrbart herum.

»Herr Wetherell, wir müssen mit Ihnen reden«, begann Fynn, als sie vor dem Auto standen.

Wetherell lächelte und klopfte ihm auf die Schulter. »Keine Zeit, junger Mann, keine Zeit. Ich freue mich, dass ich euch helfen konnte.«

Er kletterte in sein Auto und fuhr knatternd weg. Der Polizist machte eine einladende Handbewegung zum Bahnhofseingang. Fynn ließ die Schultern hängen. Es blieb ihnen nichts anderes übrig, als dem Beamten zu folgen, zumindest bis er sie am Bahnsteig abgeliefert hatte. Dann würden sie wieder in die Stadt zurückkehren und versuchen, Marmaduke Wetherell oder wenigstens Dr. Wilson zu finden. Es war mittlerweile früher Nachmittag. Die Zeit lief ihnen davon.

Doch der nächste Schreck kam, als sie am Bahnsteig ankamen, wo der Zug bereits wartete. Der Polizist nötigte sie zum Einsteigen, wies sie darauf hin, dass sie sofort nach der Abfahrt des Zugs die Tickets kaufen mussten, und blieb dann vor ihrem Fenster stehen, wie um sie zu bewachen.

Fynn fühlte Panik in sich aufsteigen. Ein Blick in die Gesichter seiner Freunde sagte ihm, dass es ihnen genauso ging. Vidocqs Miene war unergründlich, aber zwischen seinen Brauen stand eine steile Falte. Vermutlich fragte er sich, in welcher Art von Höllenmaschine er jetzt wieder saß. Denn auch die Eisenbahn hatte es zu seiner Zeit noch nicht gegeben.

Fynn sprang auf und öffnete das Fenster. »Officer«, sagte er bittend. »Wir können nicht mit dem Zug fahren. Wir müssen in Inverness bleiben.«

Der Polizist nickte freundlich. »Ja, ja. Euer Pate hat mir alles gesagt. Fahrt nach Hause und tragt die Strafe eurer Eltern, wie es sich gehört. Der eigentliche Übeltäter ist euer Hauslehrer, dass er sich von euch zu dieser Sache hat überreden lassen, aber er ist ein Ausländer, also was will man erwarten?«

»Was für eine Sache?«, fragte Fynn verwirrt.

Der Polizist seufzte und wandte sich ab. »Keine Spielchen mehr, Bub«, brummte er. »Steife Oberlippe machen und die Prügel einstecken, das ist jetzt eure Aufgabe. Ihr seid ohnehin umsonst hierhergekommen. Es gibt kein Ungeheuer im Loch Ness.«

Fynn ließ sich auf den Sitz zurücksinken. »Wetherell muss ihm erzählt haben, dass wir wegen des Monsters von zu Hause ausgerissen sind.« Er verzichtete darauf, Vidocq zu sagen, dass Wetherell ihn als französischen Hauslehrer hingestellt hatte.

Er stand wieder auf und spähte hinaus. Der Polizist war immer noch da.

»Was machen wir denn jetzt?«, fragte Cornelius. Er versuchte, seine Panik zu unterdrücken, aber er bekam immer mehr Angst. »Wenn wir mit dem Zug wegfahren, kommen wir niemals rechtzeitig zur Zeitmaschine zurück!«

»Wir müssen hier raus!«, sagte Lena.

»Aber der Polizist bewacht die Tür.«

»Monsterkacke!«, stöhnte Lena. »Und nun?«

»Warum nehmt ihr nicht eine andere Tür?«, fragte Vidocq. »Soweit ich gesehen habe, hat jede dieser komischen Riesenkutschen eine eigene Tür.«

»Der Polizist wird uns sehen!«

»Dann müsst ihr eben warten, bis er abgelenkt ist.« Vidocq rückte zum Fenster. »Zum Beispiel ... jetzt!«

Fynn presste sich neben Vidocq ans Fenster. Der Polizist war von einer jungen Frau mit zwei Kindern angesprochen worden.

Sie schleppte einen schweren Koffer, die Kinder zerrten einen weiteren zwischen sich her. Anscheinend hatte sie ihn etwas wegen des Zugs gefragt. Der Polizist zwirbelte mit einem gewinnenden Lächeln seinen Schnurrbart, dann nahm er der Frau den Koffer ab und trug ihn zur Tür des Waggons.

»Los geht's«, sagte Vidocq und stand schon im Gang zwischen den Sitzbänken. Sie folgten ihm in raschem Marsch durch zwei Waggons hindurch. Der Bahnhof war ein Kopfbahnhof, und Vidocq führte sie in Richtung Gleisende. An der Tür des dritten Waggons blieb er stehen.

»So«, sagte er. »Jetzt warten wir, was das Genie dort vorn tut.«

Er und Fynn spähten vorsichtig zur offenen Tür hinaus. Der Polizist stand auf dem Bahnsteig und wirkte mit sich zufrieden, dass er der hübschen jungen Frau mit den Kindern geholfen hatte. Er wippte auf den Zehenballen und grinste vor sich hin. Dass sich hinter dem Fenster, das er bewachte, niemand mehr befand, war ihm offenbar noch nicht aufgefallen.

»Immer mit der Ruhe«, sagte Vidocq, der Fynns Nervosität zu bemerken schien.

»Worauf warten wir denn?«, fragte Fynn.

»Darauf, dass er merkt, dass wir abgehauen sind.«

»Was? Aber ich dachte, wir müssen weg sein, bevor er was ...«

»Immer mit der Ruhe«, wiederholte Vidocq.

»Sie kennen das schon, oder?«, fragte Fynn leise.

Vidocq zuckte mit den Schultern. »Ich bin ein paarmal aus dem Bau ausgebüxt.«

»Was ist jetzt?«, fragte Lena, die die Unterhaltung der beiden nicht mitbekommen hatte.

»Wir warten noch«, sagte Fynn. Er wandte sich an Vidocq. »Warum hat Wetherell das getan? Uns in den Zug gesetzt, meine ich?«

»Die richtige Frage muss lauten: Wozu hat er es getan?«

»Wo ist denn da der Unterschied?«, maulte Lena.

»Alles, was die Menschen tun, tun sie aus Freude am Gewinn oder aus Angst vor Verlust«, meinte Vidocq.

»Dann müsste die absolut richtige Frage also lauten: Was gewinnt Wetherell damit, dass er uns freigekauft hat?«, überlegte Cornelius laut.

Vidocq nickte. »Oder welchen Verlust hofft er damit abzuwenden?«

Cornelius und Vidocq sahen sich an. Plötzlich grinste der Franzose. »Na, Schlauberger, wieder was gelernt?«

»Cui bono«, sagte Cornelius.

»Soll das eine Beleidigung sein?«

»Nein, das ist Latein und heißt: Wem nützt es? Ich habe mal gelesen, dass das die Frage ist, die am Anfang aller Ermittlungen steht.«

»Soso«, sagte Vidocq. Er wirkte nachdenklich.

»Na«, konnte Lena sich nicht verkneifen zu sagen, »wieder was gelernt?«

»Der Polizist ...«, sagte Fynn plötzlich erschrocken. Der Beamte schien gemerkt zu haben, dass etwas nicht stimmte. Er trat näher an den Zug heran, stellte sich auf die Zehenspitzen und schaute durch das Fenster. Bestürzt trat er zurück, dann rannte er zur Waggontür und stieg hastig ein.

»Und das, Herrschaften«, sagte Vidocq, »ist der Moment, in dem wir aussteigen.«

Vollkommen unbehelligt stiegen sie aus dem Zug und spazierten aus dem Bahnhofsgebäude, noch während der Beamte wahrscheinlich hektisch von Waggon zu Waggon lief und nach ihnen suchte. Lena spürte auf einmal, wie ein Grinsen sich auf ihr Gesicht stahl. Das hatte Vidocq wirklich prima hingekriegt. Offenbar war er doch kein so schlechter Kerl.

In diesem Moment blieb Vidocq stehen und sagte: »Hier trennen sich unsere Wege. Macht's gut, ihr Gören.«

32

»Aber Sie können uns doch jetzt nicht im Stich lassen!«, sagte Franzi entrüstet.

»Wieso nicht? Was hat euer Schlauberger gesagt? Wem nützt's? Was nützt mir die Suche nach dem blöden Vieh aus dem See? Ich mach mich lieber vom Acker.«

»Sie kommen allein doch nicht weit«, meinte Lena abfällig. »Sie können ja nicht mal die Sprache.«

»Ich hab ein Universalwörterbuch«, erklärte Vidocq und zeigte ihnen den Packen Geldscheine. »Damit kommt man überall durch.«

Lena schnaubte. Vor wenigen Sekunden hatte sie Vidocq noch ganz sympathisch gefunden. Und jetzt das! Sie war richtig wütend. Doch der junge Mann nickte ihnen nur lässig zu und schlenderte dann davon.

»Er geht weg!«, sagte Cornelius fassungslos. »Ein Erwachsener lässt einfach hilflose Kinder im Stich.«

»Wir sind besser dran ohne ihn«, knurrte Lena. »Und hilflos sind wir garantiert nicht.«

»Und seht doch mal, wen wir da haben!«, sagte Franzi. Sie und Fynn hatten sich beim Abschied Vidocqs nur einen kurzen Blick zugeworfen und ihn dann aus ihren Gedanken verdrängt. Ihnen blieben nur noch wenige Stunden, um das Rätsel zu lösen. Sich damit aufzuhalten, ob der junge Vidocq ein gemeiner Kerl war und wenn ja, wie gemein, brachte sie nirgendwohin.

Lena und Cornelius folgten ihrem Fingerzeig. Auf der anderen Seite des Bahnhofsvorplatzes stand Marmaduke Wetherell neben seinem Auto. Sie sahen von Weitem, wie er einem Mann Geld gab. Der Mann tippte sich an die Mütze, stieg in den Wagen und fuhr davon.

»Das war noch nicht mal sein Auto«, staunte Lena.

»Er hat es sich geliehen, weil er uns nicht schnell genug loswerden konnte.« Fynn nickte zustimmend. »Der Kerl ist noch verdächtiger als Dr. Wilson. Los, wir folgen ihm!«

Marmaduke Wetherell ging mit schnellen Schritten davon. Sie

folgten ihm mit großem Abstand, aber er sah sich nicht ein einziges Mal um. Nach einer Viertelstunde Fußmarsch wurde ihnen klar, wohin er wollte.

»Er geht zum Krankenhaus«, sagte Franzi. »Was will er denn dort?«

»Vielleicht hat er plötzlich eine Blinddarmentzündung bekommen?«, mutmaßte Lena.

»Quatsch.«

Wetherell verschwand in der Eingangstür des Gebäudes. Die Kinder blieben außerhalb der Zufahrt und versteckten sich hinter der Mauer. Sie konnten bequem darüberspähen, ohne dass sie jemandem auffielen. Es herrschte immer noch ein reges Kommen und Gehen von Klinikpersonal und Besuchern. Keiner achtete auf sie.

Nach einer Weile kam Wetherell wieder heraus. Er trug einen anscheinend schweren Koffer. Doch er war nicht allein. Jemand ging hinter ihm, mit einem großen zusammenklappbaren Stativ auf der Schulter. Wetherell drehte sich um und wartete auf seinen Begleiter. Freundschaftlich klopfte er ihm auf die Schulter, und sie hörten ihn lachen. Aber selbst auf die Entfernung klang das Lachen gekünstelt.

Der Begleiter stellte das Stativ ab und legte es sich auf die andere Schulter. Jetzt konnten die Kinder auch sein Gesicht sehen. Es sah noch angespannter und verkrampfter aus als sonst.

Der Begleiter war Dr. Wilson.

Der letzte Besucher

Wilson und Wetherell gingen zu zwei Fahrrädern und waren dann endlos damit beschäftigt, den Koffer und das Stativ auf den Gepäckträgern zu befestigen. Schließlich schwangen sich die beiden Männer auf die Drahtesel und fuhren los. Die Kinder verzogen sich hastig hinter ein paar Büsche, aber Wilson und Wetherell blickten weder nach links noch nach rechts. Wilsons Gesichtsausdruck war verbissen, und er wirkte so blass, dass sein schmaler Schnurrbart auf seiner bleichen Haut wie ein Schmutzstreifen aussah.

»Was machen wir jetzt?«, fragte Lena. »Unsere Räder stehen immer noch am Kai vom Drumnadrochit!«

»Es waren nicht mal unsere Räder«, sagte Cornelius düster.

»Und wie sollen wir sie ohne Räder verfolgen?«

»Wir wissen doch, wo die beiden hinwollen«, erklärte Fynn.

»Nämlich zum See«, ergänzte Franzi.

»Ach ja, und woher wissen wir das?«, brummte Lena.

»Weil sie ein Stativ für eine Kamera dabeihaben und in dem Koffer garantiert die restliche Kameraausrüstung steckt und weil alle Welt zum See will und das Monster fotografieren – also auch die beiden. Und da Wilson das diesjährige Foto gemacht hat, wissen sie wahrscheinlich auch ziemlich genau, wo das Ungeheuer auftauchen wird. Sie brauchen bloß an der Stelle zu warten, schießen diesmal ein richtig gutes Foto und werden damit reich und berühmt.«

»Du denkst, dass Wilson deshalb so komisch war, als er uns vom Ungeheuer reden hörte? Weil er Angst hatte, dass wir ihm in die Quere kommen?«

»Ja, ihm und seinem Kumpel Wetherell«, antwortete Franzi.

»Aber die können überall rund um den See herum sein«, meinte Lena.

»Nee, können sie nicht, weil sie mit den Fahrrädern nicht so weit kommen.«

»Ich weiß, wo sie sind«, sagte Cornelius plötzlich. »Das Foto in dem Schaufenster des Verlags ... das hatte eine Bildunterschrift.«

»Ja, dass der Fotograf Dr. Wilson war.«

»Nein, ein bisschen weiter drunter stand noch was. Geschossen in der Nähe von Urquhart Castle.«

»Aber dort sind wir angekommen!«, rief Fynn.

»Und dort müssen wir wieder hin, wenn wir rausfinden wollen, was die beiden vorhaben und einen Beweis für das Monster erbringen. Übrigens ist das ein Plesiosaurus, kein Monster«, sagte Cornelius. »Ein echtes Tier kann kein Monster sein.«

Lena sprang auf. »Das ist nur ein Katzensprung. Wir sind doch von der Ruine zu dem Pub gelaufen und waren in null Komma nichts dort! Los, brechen wir auf. Alles ritz!«

»Nur, dass sich der Pub in Drumnachdrochit befindet und wir

jetzt in Inverness sind und dazwischen gute zwanzig Kilometer liegen«, sagte Cornelius.

Lena ließ die Schulter hängen. »Das hab ich glatt vergessen. So ein Mist!«

Sie zogen sich wieder hinter die Büsche zurück, als sie einen Wagen kommen hörten. Es war der klapprige Krankenwagen, der um die Kurve röhrte und in den Hof der Klinik fuhr.

Cornelius sagte in die nachdenkliche Stille hinein: »Und nur damit ihr es wisst – ich klau nicht noch mal ein Rad. Einmal hat gereicht!«

Fynn blickte in den Himmel. Es war noch immer hell, aber unter den Büschen wurde das Licht bereits schwächer. Es ging auf den späten Nachmittag zu. »Das würden wir auch mit Rädern nicht vor Einbruch der Dunkelheit schaffen«, sagte er düster.

Cornelius schüttelte den Kopf. »In diesen Breiten bleibt es abends ewig lang hell. Wisst ihr doch. Erinnert ihr euch noch, als wir mit unseren Eltern in Schweden die Sache über die Wikingerschiffe gedreht haben? Das war mindestens auch so hoch im Norden wie hier. Aber trotzdem: Ich werde nicht ein zweites Mal zum Fahrraddieb.«

Franzi nickte. Sie konnte Cornelius verstehen. Auch sie schämte sich noch immer dafür, dass sie die Räder genommen hatten. Aber zugleich war sie total enttäuscht. Sie waren so nahe dran!!! Und jetzt hatten Wilson und Wetherell sie abgehängt, und es gab keine Möglichkeit, den beiden hinterherzufahren. Und doch mussten sie so schnell wie möglich losgehen, wenn sie wenigstens vor Mitternacht bei der Ruine eintreffen wollten, um in die Zeitmaschine zu steigen. Sonst verabschiedete die sich ohne sie, und dann mussten sie sich einen Monat lang hier durchschlagen, und zu Hause würden ihre Eltern verrückt vor Angst und Sorge um sie.

Würde Edgar Hanselmann zu ihnen gehen und ihnen erklären, wo ihre Kinder waren? Oder würde es ihm egal sein? Oder wäre ihm seine Aufgabe, die Zeitmaschine zu schützen, wichtiger als die Sorge von zwei Elternpaaren und einer alleinerziehenden Mutter?

Und wenn er den Eltern alles erklärte? Würden sie ihm glauben oder ihn als Verrückten einsperren lassen? Dann würde die Polizei die Lagerhalle durchsuchen und die Zeitmaschine finden und sie wegschaffen, und weder Hanselmann noch der alte Vidocq würde sie beim nächsten Neumond zu ihnen senden können! Sie würden für immer hier gestrandet sein, im Jahr 1934, in Schottland. Sie würden entweder steinalt oder längst tot sein in der Zeit, in der sie in der Gegenwart geboren wurden!

»Fynn? Franzi?«, fragte Lena besorgt. Sie hatte gesehen, wie die beiden Zwillinge immer bleicher wurden, und ahnte, dass wieder so ein Zwillingsding zwischen ihnen abging und sie ihre Gedanken miteinander teilten. Es waren wohl keine besonders guten Gedanken. Nun, wenn die beiden sich nur halb so viele Sorgen wie Lena darüber machten, wie sie hier jemals wieder wegkommen sollten, konnte man verstehen, dass sie blass waren. Lena versuchte, sich ihre Angst nicht anmerken zu lassen, weil sie die Älteste war und das Gefühl hatte, dass wenigstens einer so tun musste, als hätte er alles im Griff. Auf Cornelius war da auch nicht zu zählen. Der starrte über die Mauer in den Hof des Krankenhauses und knabberte panisch an seinen Fingernägeln.

Sie stand auf. »Euer Uropa muss mit dem zufrieden sein, was wir rausgekriegt haben. Gehen wir los. Wenn wir uns beeilen, erreichen wir die Zeitmaschine noch rechtzeitig.«

»Das sind zwanzig Kilometer zu Fuß!«, gab Fynn zu bedenken.

»Worauf warten wir dann noch? Wenn man schnell geht, schafft man fünf Kilometer in der Stunde! In vier oder fünf Stunden sind wir dort!«

»Man kann fünf Kilometer in der Stunde gehen?«, fragte Franzi skeptisch. Lena, die sich nicht mehr erinnern konnte, wo sie das einmal gehört hatte, erwiderte bloß: »Na gut, Cornelius schafft nur vier.«

»Leute, ich glaube, wir brauchen keinen einzigen Schritt zu gehen«, sagte Cornelius und starrte weiter über die Mauer, als hätte er ihnen gar nicht zugehört. »Hört mal zu.«

Er deutete auf den Krankenwagen, der vor dem Eingang des Hospitals stand. Seine Hecktüren waren offen. Der Fahrer stand daneben und rauchte. Zwei Pfleger aus der Klinik schoben soeben die Pritsche wieder hinein, die als Krankenlager diente.

»Fährst du noch mal?«, fragten sie den Fahrer.

Der warf den Zigarettenstummel weg, ohne ihn auszutreten.

»Klar«, sagte der Fahrer. »Da liegen noch zwei so Idioten am Kai und haben eine Mordsunterkühlung. Und ich wette, bis ich dort bin, sind noch mehr von den Spinnern gekentert und im kalten Seewasser fast abgesoffen. Wahrscheinlich fahre ich die ganze Nacht halb erfrorene Monsterjäger von Drumnadrochit nach hier.«

»Als sie den Verunglückten vorhin ausluden, habe ich gehört, dass er einer von denen ist, die in Drumnadrochit auf den See rausgerudert sind, um das Monster zu fangen. Ach Mensch, jetzt sag ich schon selber ›Monster‹.« Cornelius stöhnte.

»Wir sollten dem Vieh mal langsam einen Namen geben«, meinte Lena.

Fynn achtete nicht auf sie. »Wenn der Krankenwagen jetzt wieder nach Drumnadrochit fährt ...«, sagte er aufgeregt.

»Plesie?«, überlegte Lena. »Oder Saurie?«

»Wir könnten mitfahren. Auf diese Weise überholen wir Wilson und Wetherell sogar!« Franzi spürte, wie die Beklemmung von ihr wich. Sie hatten doch noch eine Chance. »Gut gemacht, Cornelius«, sagte sie.

»Oder Lochie?« Lena gab nicht auf. Sie wollte dem Monster unbedingt einen Namen geben.

»Jetzt müssen wir den Fahrer nur noch dazu bringen, dass er uns mitnimmt.«

»Das erledige ich«, erklärte Cornelius entschlossen. Als er die erstaunten Blicke seiner Freunde sah, grinste er schief. »Glaubt mir, das kriegt keiner so gut hin wie ich.«

»Welcher Name gefällt euch am besten?«, fragte Lena.

»Nessie«, sagte Cornelius, ohne sich zu ihr umzudrehen. »Das

Monster hat schon längst einen Namen. Alle Welt nennt es Nessie.« Er schniefte und ging dann auf die Zufahrt der Klinik zu. »Ich besorg uns jetzt mal eine Fahrt nach Drumnadrochit«, sagte er.

34

Cornelius war kaum durch das Tor getreten, da begann er zu laufen. Und zu weinen. Er schluchzte hysterisch und rannte auf den Krankenwagen zu, dessen Fahrer gerade einsteigen wollte. Die anderen sahen mit offenen Mündern zu, wie Cornelius schluchzend und mit Händen und Füßen gestikulierend auf den Fahrer einredete. Sie hörten ihn stockend erzählen, dass ihre Eltern in Drumnadrochit auf Monsterjagd seien, während sie bei Bekannten in Inverness geblieben waren. Und dass sie gehört hätten, ihre Eltern wären verunglückt, und dass sie verrückt vor Angst seien und unbedingt nach Drumnadrochit müssten, um herauszufinden, wie es ihren Eltern ging. Und dass sie alle heute Nacht schlecht geträumt hätten und das bestimmt eine Vorahnung gewesen war und dass ...

Der Fahrer hob beide Hände und wusste nicht, ob er den an seinem Kragen hängenden und Rotz und Wasser heulenden Cornelius umarmen oder wegschieben sollte. »Wie viele seid ihr denn?«, fragte er perplex.

»Vie-hieeeer!«, heulte Cornelius. »Nur vi-hieeer!«

Der Fahrer holte ein sauber gefaltetes Taschentuch heraus und hielt es Cornelius hin. »Da«, sagte er.

Cornelius nahm es und schnäuzte laut trötend hinein, statt sich nur die Augen abzutupfen. Der Fahrer verzog das Gesicht und nahm das Tuch mit spitzen Fingern zurück.

»Bi-hi-hittteee!«, heulte Cornelius.

»Ich weiß nicht«, sagte der Fahrer. »Das ist voll gegen die Vorschriften.«

Cornelius fiel auf die Knie und umklammerte die Beine des Fahrers. »Unsere E-he-heeeelterrrrn«, brüllte er.

Fünf Minuten später saßen Lena, Franzi und Fynn hinten im Krankenwagen auf der Pritsche und hielten sich fest. Der Wagen raste durch die Kurven. Cornelius saß auf dem Beifahrersitz und begann immer dann laut zu schluchzen, wenn sie langsamer wurden. Fynn und Franzi waren vollkommen platt.

Nur Lena strahlte. »Ich hab´s doch immer gewusst, dass mehr in Cornelius steckt, als wir alle ahnen«, sagte sie. »Voll ritz, der Typ.«

35

Von Drumnadrochit aus mussten sie zu Fuß zur Ruine laufen, aber das machte nichts. Nach knapp einer Stunde standen sie am Fuß des Hügels, auf dem sich die zerfallenen Überreste der Burg erhoben. Sie hatten auf dem Weg hierher tatsächlich Wilson und

Wetherell überholt, die die Straße entlanggestrampelt waren. Vom Hügel aus konnten sie ein gutes Stück der Straße überblicken. Sie würden die beiden Männer auf jeden Fall kommen sehen.

Also warteten sie.

Es wurde dämmrig, aber die richtige Dunkelheit ließ auf sich warten. Fynn fühlte sich unbehaglich. Die Helligkeit gab ihm ein falsches Gefühl von Sicherheit, als ob Mitternacht noch ewig weit weg wäre. Doch er ahnte, dass es viel später war, als es den Anschein hatte. Es kam ihm vor, als warteten sie schon seit Stunden auf Wilson und Wetherell.

»Da stimmt was nicht«, sagte er. »Die müssten längst hier sein.«

»Vielleicht liegt ihr Beobachtungsplatz noch vor der Ruine?«, meinte Cornelius. »Es hieß auf der Bildunterschrift ja: in der Nähe des Schlosses.«

Fynn war ungeduldig und machte sich auch langsam Sorgen. Was, wenn ihre Annahme, dass Wilson und Wetherell hierherkommen wollten, falsch gewesen war? Immerhin würden sie nun rechtzeitig zur Zeitmaschine gelangen und wieder nach Hause kommen. Aber was wurde dann aus der Mission? Erst jetzt merkte er, dass er das Rätsel unbedingt lösen wollte. Wie musste sich ihr Ur-Ur-Ur-und-so-weiter-Opa gefühlt haben, als ihm klar wurde, dass er es zu Lebzeiten nicht würde klären können. Fynn verstand nun, warum Vidocq zu einem Geist geworden war, der hundertfünfzig Jahre darauf gewartet hatte, dass jemand seine Aufgabe übernahm.

»Wir gehen ihnen entgegen«, beschloss er. »Vielleicht hatten sie eine Reifenpanne. Wenn wir uns am Straßenrand halten, können wir uns im Gebüsch verstecken, bevor sie uns sehen.«

»Wir dürfen den Zeitpunkt nicht verpassen, an dem die Zeitmaschine zurückkreist«, warnte Cornelius überflüssigerweise.

»Ich weiß. Wir gehen zur Burgruine, bevor es dunkel wird.«

Lena seufzte und nickte. »Dann ist ja alles ritz«, sagte sie. »Hauptsache, wir kommen hier wieder weg.«

Sie stiegen den Burghügel wieder hinunter und wanderten an der Straße entlang in Richtung Drumnadrochit und Inverness.

Auf dem Hinweg hatten sich noch immer Boote auf dem See getummelt. Das Getriller von Pfeifen und das Läuten von Glocken und dazwischen Flüche und Geschimpfe waren zu ihnen heraufgedrungen. Die selbst ernannten Monsterjäger hatten alle Arten von Lärm gemacht, um das Monster zum Auftauchen zu bringen. Jedenfalls die eine Hälfe. Die andere Hälfte hatte die Krachmacher verflucht, weil ihre Taktik darauf setzte, dass die Kreatur nur auftauchte, wenn es ganz still war. Dass sie mit ihrem Geschimpfe genauso laut waren wie die Trillerpfeifen, hatten sie offenbar gar nicht gemerkt.

Jetzt jedoch war der See leer, alle Abenteurer waren nach Drumnadrochit zurückgepaddelt. Es war so still, dass man den Wind in den Bäumen hören konnte und das leise Gluckern der Wellen, die gegen das Seeufer stießen. Die Lichter des Bridgend Pubs glommen voraus in der Dämmerung. Sie passierten den Pub, gingen zwischen den wild geparkten Fahrzeugen hindurch und blieben schließlich ratlos dort stehen, wo die Straße, nachdem sie sich durch das Dorf hindurch vom See entfernt hatte, wieder an sein Ufer stieß.

Wilson und Wetherell hätten ihnen längst entgegengekommen sein müssen, sogar wenn sie beide eine Fahrradpanne gehabt und zu Fuß hätten weitergehen müssen. Aber sie waren nirgends zu sehen.

Sie hatten die beiden Männer verloren und damit die letzte Chance, das Rätsel des Ungeheuers vom Loch Ness zu lösen.

36

Niedergeschlagen wandten sie sich ab. Es gab nichts zu sagen. Sie hatten schon bei der ersten Aufgabe versagt.

»Wenn Vidocq nicht so ein Vollpfosten wäre und uns mehr geholfen hätte ...«, regte Lena sich auf. Niemand antwortete ihr. Ihr war bewusst, dass sie nur versuchte, die Schuld auf jemanden zu schieben.

»Gehen wir die Zeitmaschine holen und reisen wir zurück«, sagte Franzi. Sie sah niemandem in die Augen. Cornelius wirkte enttäuscht und erleichtert zugleich.

Keiner sagte mehr etwas. Bis sie die Burgruine wieder erreicht hatten, war es so düster geworden, dass der See tief unter ihnen nur noch eine graue, vage schimmernde Fläche war und die Hügel rundherum dunkle Schatten. Zwischen dem zerfallenden Gebäude der Burg war es fast schon Nacht. Cornelius holte sein Smartphone heraus und schaltete die Taschenlampe ein.

»Wahnsinn, wie lang der Akku hält, wenn das Ding nicht am Netz ist«, murmelte er. Aber seine Freunde gingen nicht auf den müden Scherz ein. Lena kickte einzelne Steine weg, die auf dem Pfad lagen. Fynn und Franzi hielten sich dicht nebeneinander. Das taten sie immer, wenn sie niedergeschlagen oder traurig waren. Cornelius ging voraus und leuchtete den Weg aus.

Der Bau, unter dem der kurze Gang noch intakt war, ragte vor ihnen auf. Cornelius richtete die Lampe des Smartphones nach oben. Er wusste, dass das schwache Licht niemals bis zur Öffnung des Gangs reichen würde, aber er tat es trotzdem – und sah etwas aufblitzen. Das Licht wurde von etwas Metallischem reflektiert! Die Kinder blickten sich bestürzt an. Dann rannten sie alle vier los.

Die Zeitmaschine lag vor der Öffnung des Gangs im Freien. Sie war umgestürzt und ruhte auf der Seite, als hätte sie jemand achtlos aus dem Inneren der Ruine gezerrt und dann einfach dort hingeworfen.

Cornelius strich mit fliegenden Fingern über die Hebel, Räder und Knöpfe und über das harte, glatte Holz des Rings.

»Wenn die jetzt kaputt ist!«, stöhnte er. »Wenn die jetzt kaputt ist …!«

Lena schubste ihn beiseite und stemmte sich unter den Ring. Die Zeitmaschine richtete sich auf und kippte auf ihre Basis. Der Ring zitterte leicht, dann kam er zur Ruhe. Lena war ebenso erschrocken wie Cornelius und wischte vor lauter Nervosität Staub und Steinchen von der ledernen Sitzbank. »Die hält was aus«, sagte sie, um sich selbst zu beruhigen.

Fynn und Franzi standen vor der Öffnung des Gangs und spähten vorsichtig hinein. Eines war klar – die Zeitmaschine war bestimmt nicht von alleine hier herausgekrochen. Jemand hatte sie dort hingeworfen. Aber ein zufälliger Besucher der Ruine, der den Apparat fand, hätte sich sicherlich länger dafür interessiert – oder versucht, ihn wegzutragen. Die erstaunliche Leichtigkeit der Zeitmaschine hätte es einem Erwachsenen, der sich aus dem

Dorf einen Helfer holte, ohne Weiteres ermöglicht, die Maschine zu Fuß abzutransportieren. Aber man hatte sie liegen gelassen.

So, als wäre sie nur ein Hindernis gewesen, das man beiseite räumen musste – zum Beispiel vor dem Holzverschlag am Ende des Gangs.

So, als hätten diejenigen, die sie beiseite geräumt hatten, etwas Besseres zu tun gehabt, als sich um den seltsamen Apparat zu kümmern.

So, als wären sie ziemlich in Eile gewesen.

»Cornelius, gib mir mal bitte dein Handy«, sagte Franzi und streckte die Hand danach aus. Sie leuchtete mit der Lampe in den Gang, dann ging sie hinein. Fynn folgte ihr. Lena und Cornelius sahen sich schulterzuckend an, dann folgten sie ihren Freunden. Im Licht der Handylampe sahen sie Fuß- und Schleifspuren auf dem sandigen Boden, die nicht von ihnen stammten. Außerdem hing in dem engen Gang ein merkwürdiger Geruch nach verbranntem Gummi. Der Holzverschlag war offen, die Kiste, die Fynn bei ihrer Ankunft dahinter gesehen hatte, war weg. Dafür standen zwei Räder darin, an deren Gepäckträgern Gurte hingen.

»Wilson und Wetherell«, stieß Lena hervor, die sich nach vorn gedrängelt hatte.

An den Reifen klebte feuchter Sand. Sie mussten nass gewesen sein. Fynn versuchte, sich daran zu erinnern, wie die Gegend aussah.

»Sie müssen die Straße an der Stelle verlassen haben, wo sie vom See wegführt und zum Bridgend Pub hin abbiegt. Sie haben eine Abkürzung genommen – statt dem langen Bogen zu folgen, den die Straße um Drumnadrochit herum macht, sind sie geradewegs durch die Bucht und zwischen den Häusern und dem See hindurch«, sagte Franzi.

»So konnte sie auch niemand sehen, der sich auf der Straße oder beim Pub aufhielt«, ergänzte Fynn. »Und deshalb haben auch wir sie nicht entdeckt. Dort, wo der größere Fluss zum See hinunterführt, sind sie wieder zur Straße zurück und über die Brücke und dann hierhergefahren.«

»Diese ... Heimlichtuer!« Lena war fassungslos.

Franzi, die immer noch Cornelius' Smartphone hielt, leuchtete auf den Boden. »Vielleicht setzen sich die Schleifspuren fort«, murmelte sie.

Den Spuren war tatsächlich nicht schwer nachzugehen. Der Boden zwischen den Ruinen der Schlossgebäude war sandig. Ab und zu führte der Weg über Felsplatten, aber nie lange genug, als dass man am gegenüberliegenden Ende der Felsen die Spuren nicht wieder hätte sehen können. Die Kinder folgten ihnen langsam und vorsichtig.

Mittlerweile war es vollkommen dunkel geworden. Der Himmel war zwar noch grau, aber die ersten Sterne waren bereits zu sehen, und was noch an Licht in ihm vorhanden war, erhellte den Boden nicht mehr wirklich. Die Spuren führten zum See hinunter. Auf einmal sahen sie einen dunklen Schatten.

Lena, die direkt hinter Franzi hertappte, packte ihre Freundin am Arm. »Seid still!«, flüsterte sie. Sie hatte etwas gehört.

Als sie alle stehen blieben, hörten sie es auch. Stimmengemurmel. Männer – mindestens zwei. Es kam aus der Richtung des Schattens. Die Kinder wagten kaum noch zu atmen. In diesem Moment strich der Nachtwind über den See und wehte den gleichen Geruch heran wie im Gang: verbrannter Gummi.

Auf Zehenspitzen schlichen sie näher heran, die Handylampe ausgeschaltet. Der dunkle Schatten entpuppte sich als tiefer Einschnitt im Hügelabhang. Als wäre der Hügel ein Kuchen und jemand hätte ein schmales Stück herausgeschnitten. Der Einschnitt war von Felsen gesäumt und führte steil nach unten. Sie zögerten, sich so nahe heranzuschleichen, dass sie bis auf den Grund sehen konnten. Das Stimmengemurmel wurde lauter und wieder leiser, ohne dass sie etwas hätten verstehen können. Unwillkürlich hatten sie sich hingekauert.

Fynn spürte plötzlich, wie sich Cornelius' Hand in seinen Ärmel krallte. Er wandte sich seinem Freund zu. Cornelius starrte auf den See hinaus. Sein Mund ging auf und zu, ohne dass er ein Wort herausbrachte. Fynn merkte, dass Cornelius' Hand an seinem Ärmel wie wild zitterte. Mit der freien Hand deutete Cornelius auf den See. Fynns Blicke folgten dem Fingerzeig.

Cornelius deutete gar nicht auf den See.

Er deutete auf etwas *im* See.

In direkter Ufernähe erhob sich ein stiller Schatten aus der grauen Wasseroberfläche.

Ein langer Hals, der in einem eleganten Bogen nach oben ragte. Ein kleiner Kopf an seinem Ende, der sich dem Wasser entgegenneigte. Und hinter dem Hals der Buckel eines großen Leibs, um den die Wellen tanzten.

Das Ungeheuer vom Loch Ness!

Das Monster existierte, das war der endgültige Beweis.

Es war keine hundert Schritte von ihnen entfernt und verhielt sich vollkommen ruhig. Keines der Kinder wagte auch nur zu blinzeln. Jeder hatte das Gefühl, dass das Ungeheuer genau ihn ansah.

Dann flammte auf einmal ein grelles Licht wie ein Blitz auf, der die Kreatur aus der Finsternis riss. Für den Bruchteil einer Sekunde sahen sie blitzende Augen, dunkelgrüne Warzenhaut, weiße, gebleckte Fangzähne.

Lena und Franzi kreischten vor Schreck auf.

Cornelius und Fynn standen da wie versteinert.

Ein Ungeheuer!

Die geheimnisvolle Kreatur vom Loch Ness war wirklich ein Ungeheuer!

37

Die zwei Männerstimmen wurden lauter.

»Verdammt!«

»Wer zum Teufel ist da?«

Zwei Gestalten kamen aus dem Einschnitt herausgekrabbelt. Taschenlampenstrahlen erfassten die Kinder, die noch immer wie erstarrt dastanden. Vor ihren Augen tanzten die bunten Abbilder des Monsters, die sich in ihre Netzhäute eingeprägt hatten. Die Taschenlampen blendeten sie.

»Verdammt noch mal, das sind die Gören!«

Fynn, der dem Einschnitt am nächsten stand, wurde unsanft am Jackenkragen gepackt. Er erwachte aus seiner Starre und schüttelte den schrecklichen Eindruck ab, den das Monster auf ihn gemacht hatte. Er versuchte sich zu wehren, aber der Mann, der ihn festhielt, war einfach zu stark. Auf einmal erkannte er, mit wem er da kämpfte: ein zerknautschter Hut, der Geruch nach Alkohol. Im Licht der Taschenlampe sah er die hellen Augen.

»Herr Wetherell«, stotterte er überrascht.

Der andere Mann war niemand anderes als Dr. Wilson. »Was tun die Kinder hier?«, schrie Wilson. »Wie kommen die denn ... Sie sagten doch, Sie hätten sie in den Zug! Hätten sie gesetzt!«

»Halten Sie die Schnauze, Wilson«, knurrte Wetherell. »Die sind ausgerissen, bevor der Zug abfuhr. Der Polyp, der auf sie aufpassen sollte, war zu nichts nutze!« Er schüttelte Fynn grob. »Wo ist der Froschfresser?«

»Welcher Froschfresser?«, fragte Fynn. Mit Entsetzen bemerkte er, dass Cornelius von Wilson festgehalten wurde. Die Mädchen standen daneben und hielten sich gegenseitig fest. Lauft!, dachte Fynn verzweifelt. Franzi, Lena: Lauft weg!

Doch dann fiel ihm auf, dass die beiden wie hypnotisiert zu Wetherell und ihm starrten, und er richtete seine Aufmerksamkeit auf den Großwildjäger. Ihm wurde eiskalt.

Wetherell hielt nicht nur eine Taschenlampe in der freien Hand, sondern auch eine Pistole. Fynn wollte schlucken, aber sein Mund war auf einmal ganz trocken.

»Der Franzose«, stieß Wetherell hervor und schüttelte Fynn erneut. »Hat er euch vorgeschickt? Wo steckt er?«

»Herr Vidocq?«

»Mir doch egal, wie der Kerl heißt!«, brüllte Wetherell. Er holte mit der Hand aus, als wollte er Fynn schlagen, dann fiel ihm ein, dass er die Taschenlampe und die Pistole in der Hand hielt, und ließ sie wieder sinken. »Wo ist er? Wollt ihr mir vielleicht erzählen, dass ihr allein hier seid?« Er erhob die Stimme und brüllte in die Nachtluft: »Hey, Froschfresser! Ich weiß, dass du mich hören kannst. Komm raus, oder deinen Gören hier wird es leidtun!«

Niemand antwortete. Wetherell knurrte. Wilson jammerte: »Heiliger Herr Jesus, Wetherell, die ganze Sache gerät allmählich ... wirklich! Heiliger Herr Jesus. Total außer Kontolle!«

Fynn fiel auf, dass Cornelius der Einzige war, der nicht ihn und Wetherell ansah.

Cornelius blickte auf den See hinaus. Das Ungeheuer schwamm immer noch in Ufernähe, den Hals elegant aus dem Wasser gereckt. Vor dem vagen Grau der Seeoberfläche war es nur ein dunkler Schattenriss, der leise schaukelte.

»Das ist kein Plesiosaurus«, sagte Cornelius. »Das ist überhaupt kein Tier. Das ist eine Attrappe. Sie haben ein künstliches Ungeheuer fotografiert.« Cornelius wirkte nicht verängstigt, sondern zutiefst enttäuscht.

Mit einem Mal begriff Fynn es auch. Das Ungeheuer war gar nicht echt! Die Kiste in dem Verschlag, die Schleifspuren, der Geruch nach verbranntem Gummi! Wilson und Wetherell hatten ein Monster gebaut – wahrscheinlich aus Holz und Gummihaut und Gips –, und es dann mit Farbe angemalt, damit es noch echter wirkte. Sie hatten es in der Kiste aufbewahrt, vermutlich in Ein-

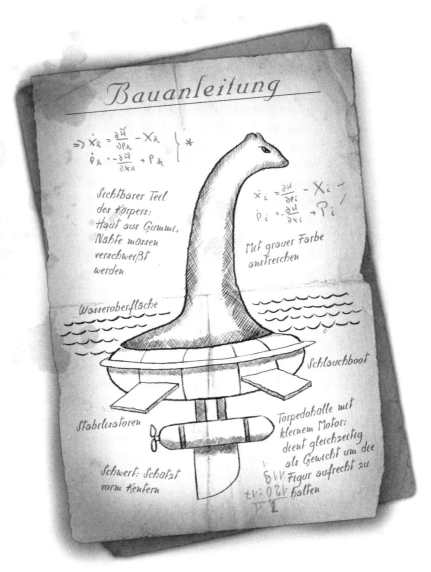

zelteile zerlegt. Sie hatten es herausgenommen, die Gummihaut mit Feuerzeugen oder einer Fackel repariert, wo sie vom Zerlegen beschädigt worden war, und die Attrappe dann zum See hinuntergeschleift, wo sie sie ins Wasser gesetzt und anschließend fotografiert hatten – bewusst bei Nacht und mit Blitzlicht, sodass man auf dem Bild kaum etwas erkennen konnte und es so wirkte, als wäre es ein überraschender Schnappschuss. Genauso hatten sie es vor ein paar Tagen gemacht, um das Foto zu schießen, mit dem Wilson dann an die Zeitung gegangen war. Fynn dachte an die Belohnung, die der Zirkusdirektor letztes Jahr versprochen hatte. Sie würden mit dem Foto zu ihm gehen und zumindest die Hälfte davon einkassieren. Und die Zeitungen auf der ganzen Welt würden dafür bezahlen, dass sie das Foto drucken und die beiden Männer interviewen durften!

»Sie sind nichts als Betrüger«, sagte Fynn abfällig.

38

»Wir sind erledigt, Wetherell«, stöhnte Wilson. »Ich hab von Anfang an gewusst, dass es ... dass es ... Das hab ich gewusst. Dass es so kommen würde. Nie hätte ich mich ... nie! Nie hätte ich mich mit Ihnen ...!«

»Schnauze!«, befahl Wetherell. »Was heißt hier erledigt? Wer weiß denn Bescheid, außer den Gören hier? Und dem Froschfresser?« Er beugte sich zu Fynn hinunter, sodass dieser wieder Wetherells ekelhaften Mundgeruch einatmete. »Wer ist der Kerl? Ein Polizist? Oder ist er von der Geografischen Gesellschaft? Von einer Zeitung auf dem Kontinent? Was habt ihr mit ihm zu schaffen? Hat er euch angeheuert, weil er dachte, Kinder können besser rumschnüffeln, ohne aufzufallen?«

»Wir sind …«, begann Lena feindselig. Sie war wie immer die Erste, die ihre Furcht überwand und sich anschickte, es einem Erwachsenen zu geben.

»Ja, Herr Vidocq ist von der Polizei«, unterbrach Fynn sie schnell. »Und er ist schon mit Verstärkung auf dem Weg hierher.«

»Ein Polizist, der von anderen Polizisten eingesperrt wird?« Wetherell lachte böse. »Lass dir was Besseres einfallen, Rotznase. Ich hab die Kaution für euch hinterlegt. Ich weiß genau, dass die Polente in Inverness ihn für einen Verrückten und euch für Ausreißer hält.« Erneut hob er die Stimme und brüllte in die Nacht hinaus: »Hey! Vidocq! Wenn dir was an den Gören liegt, dann zeig dich! Ich geb dir zehn Sekunden!«

»Und was passiert nach den zehn Sekunden?«, fragte Wilson atemlos. Fynn hatte den Eindruck, dass der Arzt fast genauso panisch war wie er selbst.

»Wenn die zehn Sekunden vorbei sind, lassen wir die Gören hier verschwinden, ganz einfach.« Wetherell lachte boshaft. Laut fing er an zu zählen: »Zehn … neun …«

»Verschwinden!?«

»Herrgott noch mal, natürlich nicht für immer, Sie Narr! Wir sperren sie irgendwo für ein paar Tage ein, damit wir Zeit genug haben, unser Ding in Ruhe durchzuziehen. Acht! Sieben …!«

»Sie können uns nicht einsperren!«, rief Lena. »Wir müssen zurück nach Hause!«

»Das hättet ihr euch mal früher überlegen sollen. Was ist jetzt, Froschfresser? Sechs … fünf …!«

»Und was ist, wenn die Kinder nach den paar Tagen …? Wenn wir sie wieder freilassen?«, fragte Wilson. »Was dann? Dann können sie uns immer noch gefährlich werden! Jederzeit! Sie werden uns auffliegen lassen! Die Zeitung, der Zirkus … sie werden uns alle … oh mein Gott … verklagen werden sie uns. Wegen Dings! Hochstapelei! Sie werden das Geld zurückfordern! Und … heiliger Jesus … sie werden entdecken, was letztes Jahr geschehen ist! Oh mein Gott, oh mein Gott!«

»Jetzt halten Sie endlich die Schnauze!«, fuhr Wetherell ihn an. Aber er hatte aufgehört zu zählen.

»Wenn das rauskommt«, jammerte Wilson. »Dann haben wir nicht nur die Zeitung und den Zirkus gegen uns … dann haben wir die ganze Umgebung des Loch Ness zum Feind, von Inverness bis Fort Augustus! Die werden uns…! Die werden uns…! Die werden uns … totschlagen! Wenn sie uns zu fassen kriegen!«

»Dafür werden sie nicht extra nach London kommen«, knurrte Wetherell.

»Ja, Sie sind fein raus! Aber ich? Ich lebe hier! Ich bin sowieso … ich bin eh … ich bin …! Verdächtig! Weil ich auch aus London stamme, so wie Sie. Obwohl ich schon über zehn Jahre hier bin. Aber das ist denen hier … wenn man hier nicht geboren ist, dann gehört man nicht … Die werden keine Rücksicht auf mich nehmen!!«

»Dann ziehen Sie halt weg, Sie Idiot!«

»Und meine Frau? Und meine Kinder? Meine Frau würde nie vom Loch Ness wegziehen!«

»Das ist doch Ihr Problem«, sagte Wetherell ungerührt. »Weichei!« Doch er zählte immer noch nicht weiter. Mit wachsender Furcht erkannte Fynn, dass sich widerstreitende Gedanken in Wetherells Gesicht spiegelten. Als der Großwildjäger plötzlich laut brüllte, zuckten er und die anderen erschrocken zusammen – auch Wilson. »Hey, Froschfresser! Eins! Null! Die zehn Sekunden sind vorüber. Du hast es so gewollt.«

Er stieß Fynn vor sich her, auf die Kluft zu. Mit der Pistole zielte er auf die Mädchen. »Los, alle runter da. Zum See! Wird's bald!«

Ungeschickt kletterten sie hinunter. Wetherell ging voran und zerrte Fynn mit sich, und Wilson und Cornelius machten den Abschluss. In Fynns Kopf rasten die Gedanken. Was hatten die beiden Männer vor? Und was sollten er und seine Freunde jetzt tun? Seine Panik wurde immer größer.

Unten in der engen Schlucht, die durch den Einschnitt gebildet wurde, lag die Ausrüstung der beiden Männer. Eine Kamera auf einem Stativ, die Kiste, ein kleines Boot, das im Kies lag, ein etwas größeres, das auf dem Wasser dümpelte. Von dem größeren Boot führte ein Tau zu der Monsterattrappe, die draußen auf dem

Wasser schaukelte. Das Tau tauchte weit vor der Attrappe unter die Wasseroberfläche, sodass es auf dem Foto nicht zu sehen sein würde.

»Die Leute rund um den See glauben, dass das Ungeheuer ihnen immer Glück gebracht hat«, sagte Lena plötzlich. »Die werden vielleicht sauer sein, wenn sie merken, was Sie allen da für einen Bären aufgebunden haben – und dass die ganzen Monsterjäger nur ihretwegen hier sind. Die Leute haben Angst, dass das Ungeheuer wegen des ganzen Rummels nicht mehr wiederkommt. Das werden die Sie büßen lassen!«

Lena hatte das ausgesprochen, was Wilson vorhin voller Angst angedeutet hatte. Zu Fynns Überraschung hatte Lenas Anklage jedoch eine verheerende Wirkung auf Wilson. Er begann hysterisch zu kichern. »Das Monster bleibt weg wegen der ganzen Spinner? Oh heiliger Jesus, das wäre schön! Oh mein Gott, wenn es nur das wäre ...!«

»Wilson, Sie sind ein Idiot, aber Sie haben recht«, sagte Wetherell. »Die Kinder sind eine Gefahr. Wir müssen verhindern, dass sie was ausplaudern.«

»Ha!«, rief Lena. »Und wie wir plaudern werden! Wir liefern Sie beide ans Kreuz, und wenn Sie drangenagelt werden, halten wir die Nägel! Legen Sie sich bloß nicht mit uns an!«

Wetherell ignorierte sie vollkommen. »Ich erinnere mich an das, was heute auf dem See passiert ist«, sagte er.

Wilson quiekte: »Was meinen Sie?«

»Die Bootsunfälle«, sagte Wetherell ruhig. »Ich sehe die

Schlagzeilen schon vor mir: ›Tragischer Unfall! Kinder auf der Suche nach dem Ungeheuer! Nächtliche Ausreißer erleiden schreckliches Schicksal! Die Jagd nach dem Geheimnis von Loch Ness mit dem Leben bezahlt!‹.« Er blickte Fynn an. Dann ließ er seine Jacke los, wechselte die Taschenlampe in die linke Hand und hob mit der rechten Hand den Revolver. Er spannte den Hahn. »Steigt in das kleinere Boot«, sagte er.

39

Franzi war völlig klar, was Wetherell vorhatte. Er und Wilson würden die Kinder mit dem zweiten Boot auf den See hinausziehen, dort ein Loch in den Boden des kleinen Bootes machen und sie ohne Ruder zurücklassen. Das Boot würde langsam sinken. Sie und Fynn und Lena und Cornelius würden in dem eiskalten Wasser keine Chance haben, zurück an Land zu schwimmen. Es würde tatsächlich wie ein Unfall aussehen, und da sich heute den ganzen Tag über jede Menge Bootsunfälle ereignet hatten, würde sich auch niemand wundern. Ihr Herz klopfte wie verrückt. Sie spürte Fynns Panik so stark wie ihre eigene. Es musste doch eine Möglichkeit geben, sie alle zu retten! Sie konnten doch nicht einfach so in das Boot steigen? Jemand musste irgendwas tun!

»Einsteigen!«, sagte Wetherell. Er zielte mit dem Revolver auf Lena, die zusammenzuckte. »Du zuerst, Großmaul.«

»Wir können doch nicht ... das sind doch noch Kinder ...«, stöhnte Wilson.

»Sie haben doch selbst gesagt, dass wir es uns nicht leisten können, sie plaudern zu lassen.«

»Ja ... aber ... das sind doch noch Kinder!«, wiederholte Wilson entsetzt. Sein Gesicht zuckte. »Sie können doch nicht im Ernst ... Kinder ...!«

»Was glauben Sie, was ich schon alles abgeknallt habe auf meinen Safaris«, versetzte Wetherell grob. »Wird's bald? Rein in das Boot!«

»Steigen Sie doch selber ein«, sagte jemand in diesem Moment.

Wetherell und Wilson zuckten zusammen. Eine fremde Stimme! Oder doch nicht? Franzi konnte gerade noch einen Freudenschrei unterdrücken. Sie hatte die Stimme erkannt! Sie gehörte Vidocq.

»Was?«, japste Wilson. Der Arzt stand da wie versteinert.

Wetherell, der Französisch verstand, reagierte schneller. Er zog Fynn wieder zu sich heran und presste ihm den Revolver in die Seite.

»Komm runter, Froschfresser, sonst geht's dem Buben schlecht!«, rief er.

Aus der Dunkelheit irgendwo über ihren Köpfen ertönte ein leises Lachen. Es blieb die einzige Antwort.

»Hey, Froschfresser! Glaubst du, ich mache nicht ernst?«

Auf einmal war eine hochgewachsene, schlanke Gestalt als

Schattenriss gegen den Himmel zu sehen. Nur einen Augenblick, dann verschwand sie wieder.

Ein dumpfes TSCHOCK! war zu hören. Wilson schrie: »Aua!«, und taumelte. Etwas polterte neben ihm zu Boden.

Wetherell riss den Revolver hoch und feuerte nach oben. BLAM! Der Schuss knallte flach und geradezu unspektakulär, aber die Feuerlanze, die aus der Mündung stach, war gewaltig. Fynn schrie entsetzt auf und hörte auch die anderen schreien. Wetherell keuchte.

»Daneben«, kommentierte Vidocq bloß. Abermals war er als Umriss vor dem Himmel zu sehen. »Hier bin ich!«

Wetherell schoss erneut. Von oben ertönte ein Schmerzensschrei. »Aaaah! Ich bin getroffen ...!« Die Kinder schrien auf vor Entsetzen.

Wetherell ließ die Waffe sinken. »Vollidiot!« Er lachte befriedigt.

In diesem Moment tauchte Vidocq wieder auf, er machte

eine schnelle Bewegung – TSCHOCK! –, und schon fiel Wilson kreischend in das kleine Boot. Etwas klapperte laut darin.

»... oder doch nicht!«, rief Vidocq fröhlich.

Wetherell brüllte vor Wut und ließ Fynn los, um den Revolver mit beiden Händen abzufeuern. Fynn ging in Deckung. Ihm war mittlerweile klar, dass Vidocq mit Steinen warf und Wilson bereits zweimal getroffen hatte. Auf Wetherell hatte er nicht werfen können, weil er sonst womöglich Fynn getroffen hätte. Doch jetzt stand Wetherell völlig schutzlos da. Er feuerte in die dunkle Nacht, dorthin, wo Vidocq eben gewesen war. Aber Vidocq tauchte an einer ganz anderen Stelle auf. Fynn hörte den dumpfen Aufprall, mit dem der Stein Wetherell irgendwo traf. Der Großwildjäger fuhr herum und schoss.

»Hier bin ich!« Vidocq war schon wieder woanders.

BLAM! Fynn hörte die Kugel irgendwo abprallen und als Querschläger davonjaulen.

TSCHOCK! Wieder ein Stein, der getroffen hatte. Wetherell stolperte.

»Hier bin ich!«

BLAM!

»Knapp daneben ist auch vorbei!«

Und dann schien Vidocq von dem Spiel genug zu haben, denn er kam die Felsen heruntergesprungen, so leichtfüßig, als hätte er in seinem ganzen Leben nie etwas anderes getan. Sein weißes Hemd leuchtete in der Dunkelheit, lose Steine kullerten unter seinen Füßen davon.

Wetherell riss den Revolver hoch, aber Fynn packte seinen Fußknöchel und riss daran.

BLAM!

Wetherell fluchte und kämpfte um sein Gleichgewicht. Er trat nach Fynn, der sich schnell wegrollte. Vidocq sprintete über den Kies heran. Wetherell brachte den Revolver in Anschlag und drückte ab, als Vidocq direkt vor dem Lauf war.

KLICK!

»Hoppla«, sagte Vidocq. »Schon leer?«

Vidocq stürzte sich auf den Großwildjäger. Sie rangen miteinander. Fynn rollte sich verzweifelt noch weiter weg. Er spürte Hände, die ihn aus der Gefahrenzone zogen: Lena und Franzi.

Er sah, wie Dr. Wilson sich schwankend in dem Boot aufrichtete, in das er gefallen war. In der Hand hielt er eines der Paddel.

Er sah, wie Cornelius sich blitzschnell zum Boot hinunterbückte und mit dem anderen Paddel wieder nach oben kam.

Wilson machte einen Schritt auf die Kämpfenden zu, um Vidocq niederzustrecken.

Cornelius schwang sein Paddel herum. Das Blatt knallte Wilson direkt gegen die Schläfe.

WOCK!

Wilson krümmte sich und fiel auf den Kies und rührte sich nicht mehr.

Vidocq und Wetherell standen sich gegenüber. Beide keuchten. Vidocq nahm seine Kampfhaltung ein, grinste und rief: »Haiiiiiiyah!« Eine Handkante zuckte durch die Luft.

Wetherell nickte, täuschte kurz an und schlug eine wuchtige Gerade durch Vidocqs erhobene Hände hindurch. Er traf den jungen Franzosen mitten auf die Nase. Vidocq stolperte rückwärts. Wetherell setzte nach. Weitere Schläge trafen Vidocq, der vom ersten Treffer halb betäubt schien. Er stieß gegen den noch immer auf dem Boden liegenden Fynn und fiel der Länge nach auf den Rücken.

Triumphierend schrie Wetherell auf. Er sprang über Fynn und hob ein Bein, um Vidocq mit aller Kraft in die Rippen zu treten.

WOCK!

Wetherell hielt inne und erschauerte. Sein Bein sank herab. Hinter ihm stand Lena, in der Hand  das Paddel, das Wilson fallen gelassen hatte. Gerade wollte sie erneut damit zum Schlag ausholen, doch das war nicht mehr nötig. Wetherell drehte sich einmal um sich selbst, dann knickten seine Knie ein, und er fiel voll auf Fynn.

Lange Sekunden war Stille.

Fynn hörte Lena verächtlich den Kampfschrei Vidocqs nachäffen: »Haiiiiiyah! Dass ich nicht lache. So macht man das.« Sie ließ das Paddel fallen.

»Ich wäre auch allein mit ihm fertiggeworden«, lallte Vidocq, der sich aufgerichtet hatte und seine Nase betastete.

Und Fynn sagte: »Holt den Kerl von mir runter, er erdrückt mich.«

Wenig später saßen Wilson und Wetherell nebeneinander im Kies, gefesselt mit dem Tau, mit dem die Monsterattrappe festgebunden gewesen war. Das falsche Ungeheuer trieb langsam auf den See hinaus. Es hatte bereits beträchtliche Schlagseite. Offenbar war es sehr schlampig gebaut gewesen. Noch bevor der Morgen graute, würde es untergegangen sein. Untergegangen war auch der Revolver Wetherells, den Vidocq weit hinaus ins Wasser geschleudert hatte.

Wetherell schaute grimmig und biss die Zähne zusammen. Wilson dagegen zitterte und schniefte. Man konnte direkt Mitleid mit ihm haben. Franzi kauerte sich neben ihn.

»Was ist letztes Jahr passiert?«, fragte sie.

Wilsons Kopf zuckte hin und her. »Nichts«, keuchte er. »Gar nichts.«

Franzi wartete ab, bis das Zucken sich beruhigt hatte. »Was haben Sie Schlimmes getan?«, flüsterte sie dann.

Schließlich brach es aus Wilson heraus. Und so erfuhren die Kinder die ganze Geschichte.

Jeder, der am Loch Ness lebte, wusste, dass es das Ungeheuer gab. Nur, dass niemand es je für ein Ungeheuer gehalten hatte. Die Kreatur war der Talisman des gesamten Tals – sein Glücksbringer. Die Leute waren überzeugt, dass das Glück den See und seine Anwohner verlassen würde, wenn jemand das Tier verjagte oder fing. Wann immer ein Außenstehender es gesehen hatte, hatten die Anwohner deshalb die Sichtung geleugnet oder Horrorgeschichten darüber verbreitet, wie schrecklich das Wesen war, damit alle Angst bekamen und niemand es wagte, danach zu suchen.

Jahrhundertelang hatte das funktioniert.

Doch dann, im letzten Jahr, war es wieder gesehen worden. Und statt über die Sichtung zu schweigen, hatte der Zeuge sie überall herumerzählt. Artie Palmer, der Zeuge, war nicht ganz richtig in der Birne, und ihm war nicht klar gewesen, was er damit anrichtete. Die Presse begann sich dafür zu interessieren. Neugierige kamen zum Loch Ness, unter ihnen auch ein Großwildjäger namens Marmaduke Wetherell, der den Ruf hatte, noch jedes Tier gefangen oder erlegt zu haben, auf das er es abgesehen hatte. Zugleich hatte der Zirkusbesitzer Bertram Mills eine Belohnung von zwanzigtausend Pfund für das Wesen ausgesetzt. Die Summe war ein Vermögen.

Die Plesiosaurier

Und Dr. Wilson, der als Chirurg im Krankenhaus nur wenig verdiente und voll stiller Wut darüber war, dass er selbst nach zehn Jahren und der Heirat mit einer Einheimischen immer noch als Fremder angesehen wurde, wollte das Geld unbedingt haben.

Er sprach Marmaduke Wetherell an. Er erzählte ihm von seinen eigenen Schlussfolgerungen bezüglich des Ungeheuers, von

Spuren, die er selbst gesehen hatte, von den Beschreibungen, die die Einheimischen untereinander austauschten und die seiner Frau natürlich bekannt waren. Wenn einer das Tier fangen konnte, dann Wetherell, das war ihm klar. Und so schlug er vor, gemeinsame Sache zu machen, also auch die Belohnung des Zirkusdirektors zu teilen.

»Für was haben sie das Tier denn gehalten?«, wollte Cornelius wissen.

Wilson schniefte. »Für einen Plesiosaurus«, sagte er. »Es konnte nichts anderes sein.«

Mit glänzenden Augen nickte Cornelius. »Haben Sie es gesehen?«, erkundigte er sich fasziniert.

Wilson nickte. Plötzlich begann er zu schluchzen. Erschrocken und verlegen sahen sich die Kinder an. Wetherell knurrte: »Weichei!«

Wilson hatte das Ungeheuer tatsächlich gesehen. Den Plesiosaurus. Nessie. Der Name passte. Denn Nessie war ein Weibchen, und es war in den Loch Ness gekommen, um dort ein Ei zu legen und ein Junges auszubrüten und es zu beschützen, bis es groß genug war, um wieder durch die vielen unterirdischen Kanäle hinaus aufs Meer zu schwimmen und dorthin zu verschwinden, wo es sich mit seinen Artgenossen seit Jahrmillionen verbarg.

»Wie die Lachse!«, sagte Cornelius aufgeregt. »Oder die Aale! Die kommen immer wieder dorthin zurück, wo sie geboren wurden, um dort selbst Junge zu bekommen!«

»Und das tut Nessie, weil irgendwann mal vor Millionen von

Jahren zum ersten Mal ein Plesiosaurierweibchen den Loch Ness gefunden und dort ein Junges bekommen hat?«, fragte Lena fassungslos. »All die Nachfahren haben immer das getan, was irgendein Vorfahr einmal begonnen hat?« Sie grinste und schubste Fynn. »Hört sich ja fast so an wie eure eigene Geschichte mit dem alten Vidocq. Ritz! Total ritz!«

»Vielleicht hat das Tier dieses Jahr kein Junges«, sagte Franzi. »Deshalb ist es ausgeblieben. Nächstes Jahr wird es wieder zurückkehren.«

Wilson schüttelte den Kopf. Tränen liefen über seine Wangen. »Nein«, sagte er. »Es kommt nie wieder zurück. Weil Wetherell und ich es getötet haben.«

Der Arzt und der Großwildjäger hatten sich letztes Jahr Dutzende von Malen nachts auf die Lauer gelegt, so lange, bis sie das Muttertier und das Junge endlich gesehen hatten. In aller Hast waren sie dann mit einem Motorboot auf den See hinausgerast. Das Jungtier hatte nicht so schnell fliehen können wie seine Mutter, und Wetherell war zu nahe herangefahren, sodass das Boot über das Kleine hinweggebraust war. Sie hatten den Ruck gespürt – der Kiel des Boots hatte das Tier getroffen. Es war sofort versunken. Die Mutter hatte umgedreht und das Boot angegriffen. In seiner Not hatte Wetherell eine große Flinte gezückt und das verzweifelte Tier erschossen. Sie hatten keine Chance gehabt, die leblosen Körper mitzunehmen. Wilson hatte nur eines gewusst – dass ihretwegen das faszinierendste Tier, das es je gegeben hatte, tot war und dass das Glück nun den See verlassen würde.

»Ach, und deshalb haben Sie in diesem Jahr den Betrug aufgezogen?«, fragte Fynn nach einer langen Pause. Er fühlte tiefes Bedauern über das Schicksal Nessies und ihres Jungen, hatte eine tierische Wut auf Wilson und Wetherell, aber auch Mitleid mit dem Arzt. Und mit Cornelius, der mit offenem Mund dahockte und so fassungslos und entsetzt war, dass auch ihm die Tränen über die Wangen liefen. »Damit die Leute glauben, dass es das Tier noch gibt?«

»Pah, es ging ihm nur um die Kohle«, knurrte Wetherell.

»Das stimmt nicht!«, widersprach Wilson.

»Und Sie?«, fragte Franzi den Großwildjäger. »Was wollten Sie? Geld und Ruhm?«

»Natürlich, du dumme Göre«, versetzte Wetherell. »Zählt auf dieser Welt noch was anderes?«

Cornelius holte tief Luft, um dem Mann zu erklären, was alles zählte im Leben außer Geld und Ruhm, doch Vidocq legte ihm beschwichtigend die Hand auf die Schulter. Der künftige Detektiv hatte sich in den letzten Minuten damit nützlich gemacht, die Kamera zu öffnen, die Filmrolle herauszunehmen und weit hinaus auf den See zu schleudern.

»Wir haben keine Zeit mehr«, sagte Vidocq. Er hielt die Uhr hoch, die er an einer Kette in seiner Westentasche trug. »Ich hab sie heute nach der Uhr in Inverness gestellt. In einer halben Stunde ist Mitternacht.«

»Was machen wir mit den beiden?«

»Wir lassen sie hier. Wenn wir sie bei der Polizei anzeigen, kommen wir hier nie weg.«

»Sie können doch nicht ungestraft davonkommen!«, rief Cornelius empört.

Vidocq seufzte. »In eurer Zeit sind die beiden schon längst

tot. In meiner sind sie noch gar nicht geboren. Lassen wir dem Schicksal seinen Lauf. Wir gehören alle fünf nicht hierher.«

41

Auf dem Weg zur Zeitmaschine fragte Lena plötzlich: »Wieso sind Sie eigentlich auf einmal wieder aufgetaucht?«

»Ich wollte wissen, was es mit dem Ungeheuer auf sich hat«, erwiderte Vidocq. Lena war klar, dass er log. Ihm war es wohl peinlich, zuzugeben, dass er sich am Ende doch Sorgen um sie gemacht hatte und losgezogen war, um ihnen zu helfen. Sie konnte seine Gefühle nachvollziehen, weil es ihr an seiner Stelle ähnlich gegangen wäre.

»Hey«, sagte Vidocq da und sah sie an. »War übrigens ein toller Schlag mit dem Paddel. Hast mich davor bewahrt, von dem Kerl zu Brei getrampelt zu werden.«

»Sie müssen an Ihrem ›Haiiiiiyah!‹ arbeiten«, sagte Lena, die nun genauso verlegen war wie zuvor Vidocq.

Als sie endlich vor der Zeitmaschine standen, tauchte ein neues Problem auf. Für Vidocq war kein Platz darin.

»Tja«, sagte der Franzose. »Ich schätze, nachdem ich hier auch ohne die Zeitmaschine aufgetaucht bin, werde ich auch ohne sie wieder zurückgebracht werden.« Unsicherheit schwang in seiner Stimme mit.

Franzi, die bereits zusammen mit den anderen auf der Bank saß, streckte unter dem Ring die Hand nach ihm aus.

»Nehmen Sie sie«, sagte sie.

Vidocq griff nach ihrer Hand. Fynn legte seine obendrauf. Dann Cornelius. Dann, nach kurzem Zögern, Lena. Vidocq schluckte. Er wirkte gerührt.

»Ich glaube, jetzt kommen Sie auf jeden Fall wieder zurück«, sagte Franzi.

Vidocq zog mit der freien Hand die Uhr aus der Tasche. »Noch drei Minuten«, sagte er.

Sie blickten hinaus in die Dunkelheit jenseits der Burgruine. Das Seewasser reflektierte das Sternenlicht und schimmerte. Irgendwo auf dem Grund des Sees ruhten die Knochen Nessies und ihres Jungen. Die Kette war unterbrochen. Auch nächstes Jahr und im Jahr danach würde kein Ungeheuer mehr in den See zurückkehren, um dort ein Junges großzuziehen. Und in all den Jahren, die noch kamen. Es war vorbei. Das Ungeheuer vom Loch Ness war nur noch eine Legende.

Aber wer weiß?, dachte Fynn. Irgendwann würde sich vielleicht wieder ein Tier in den See verirren, durch die unterirdischen Kanäle hindurch. Es war einmal geschehen, es konnte wieder geschehen. Und irgendwo auf der Welt musste es eine kleine Population von Plesiosauriern geben, die das große Dinosauriersterben überlebt hatten. Es musste sie auch noch in ihrer Zeit geben, und sie waren immer noch unentdeckt. Vielleicht hatte schon längst – in ihrer Gegenwart – ein neues Nessie den See gefunden und kehrte einmal im Jahr dorthin zurück, um ein Junges aufzuziehen!

Sie hatten das Rätsel um das Ungeheuer vom Loch Ness gelöst. Und trotzdem war es ein Rätsel geblieben. Sie sollten ihren Eltern nach ihrer Rückkehr den Vorschlag machen, eine Doku über den Loch Ness zu drehen!

»Jetzt«, sagte Vidocq.

SSSSSSSHHH-ZAMM!

Vidocq

42

Sie waren in einem endlosen weißen Raum. Die Zeitmaschine stand mitten darin. Verwirrt sahen sie sich um. Der junge Vidocq war verschwunden. Ihre Hände lagen immer noch übereinander, doch sie hielten nichts mehr fest außer sich selbst.

»Das ist aber gar nicht ritz«, murmelte Lena. Ihre Stimme hallte in dem endlosen Weiß wie in einer Kirche.

Jemand näherte sich. Sie sahen ihn vom Weiten. So weit wie die Gestalt entfernt war, musste es eine Stunde dauern, bis sie sie erreicht hatte, doch dann stand sie plötzlich neben ihnen. Anscheinend funktionierten die Gesetze des Raums hier ein bisschen anders.

Die Gestalt war ein Mann, groß gewachsen, mit einem dicken Bauch, festen Pausbacken, einem fröhlichen Gesicht und einer wirren Lockenmähne weißer Haare auf dem Kopf. Er grinste und verbeugte sich.

»Herr Vidocq!«, stieß Franzi hervor.

»Irgendwie«, sagte der alte Vidocq, »würde es mir gefallen, wenn ihr mich Opa nennt.«

»Ur-ur-ur-ur-ur-Opa«, sagte Lena schnippisch. Den Geist Vidocqs so zu sehen, wie Fynn und Franzi ihn am Anfang kennengelernt hatten, bewegte sie, und wie üblich versuchte sie, ihre wahren Gefühle nicht zu zeigen. Sie dachte an den hübschen, schlanken jungen Mann, der Vidocq früher gewesen war, und stellte fest, dass er als wohlbeleibter alter Mann eine ganz andere, aber ebenso große Attraktivität ausstrahlte.

»Die ›Urs‹ können wir uns ja sparen«, schlug Vidocq vor.

»Wo sind wir hier?«, fragte Cornelius. »Ist etwas schiefgegangen auf der Rückreise!?«

»Nein. Dies ist der Ort, an dem ich mich aufhalte, seit ich tot bin. Ich habe eure Rückreise quasi nur unterbrochen. Ganz egal, wie viel Zeit wir hier verbringen, in der Gegenwart wird immer nur ein Sekundenbruchteil davon vergehen.«

»Warum haben Sie uns aufgehalten?«, fragte Fynn.

»Opa«, sagte Vidocq. »Nenn mich Opa. Aber ich weiß schon, es braucht seine Zeit, sich daran zu gewöhnen. Und sagt ja niemals zu meinem jungen Ich Opa, wenn ihr ihm bei der nächsten Mission begegnet. Das würde er gar nicht vertragen. Oder ich.« Vidocq grinste schelmisch. »Ganz schön kompliziert, die Nebeneffekte von Zeitreisen ...«

»Wo ist denn Ihr junges Ich?«, fragte Lena.

»Schon in seiner Zeit angekommen. Ohne Erinnerungen an das, was vorgefallen ist. Auch ihr werdet übrigens keine Erinnerung an die Lösung des Rätsels haben. Ihr werdet euch an mich erinnern und dass ich euch auf eine Mission geschickt habe, aber das ist auch alles.«

»Und warum ist das so?«

»Weil die Welt Rätsel und Geheimnisse braucht und ihr sie bloß ausplaudern würdet. Und weil ich euch nicht um der Welt willen auf diese Reise geschickt habe, sondern nur um meinetwillen.«

»Das ist doch gemein!«, empörte sich Cornelius.

»Aber nein«, flüsterte Vidocq. »Das ist ein Geschenk. Rätsel, Geheimnisse und ungelöste Fragen sind immer ein Geschenk, weil sie die Fantasie anregen und beweisen, dass die Welt ein viel größerer und wunderbarerer Ort ist, als alle glauben. Und jetzt – erzählt! Was ist das Geheimnis des Ungeheuers vom Loch Ness?«

43

Eugène Vidocq erwachte in seiner Schlafkammer unter dem Dach einer billigen Absteige in Paris. Er hatte fürchterliche Kopfschmerzen. Unwillkürlich spähte er auf den Tisch neben seinem Bett, ob dort eine leere Weinflasche lag. Nichts. Heilige Johanna! Wieso fühlte er sich dann, als hätte er eine Nacht lang durchgezecht? Sein Kopf schien so groß, dass er nur quer durch die Tür passen würde, und ihm war zum Kotzen schlecht.

Und wenn er es recht bedachte – er wusste überhaupt nicht, wie er hierhergekommen war. Er hatte keine Ahnung mehr, wo er zuletzt gewesen war, aber bestimmt nicht in seiner Bleibe. Hatte er nicht versucht, einem Juwelier einen gefälschten Diamantring als Pfand anzudrehen? Er schüttelte den Kopf und stöhnte, weil es sich anfühlte, als würde sein Gehirn darin herumschlackern.

Er ließ sich wieder zurücksinken. Egal. Was auch immer geschehen war, er würde erst mal eine Runde schlafen, dann würde sein Gedächtnis schon zurückkehren.

Während er einschlummerte, trieb ein seltsamer Wunsch an die Oberfläche seiner Gedanken. Er sollte die seltsame Kampfkunst, die ein alter Matrose ihm vor einiger Zeit beizubringen versucht hatte, endlich mal richtig erlernen – und nicht bloß, um damit anzugeben. Wer weiß, wann ihm das mal nützlich sein würde.

Ja, er sollte definitiv daran arbeiten.

Nachbemerkung

Die Geschichte um das Rätsel vom Loch Ness ist in Wirklichkeit ein bisschen komplizierter als hier dargestellt. Es gibt jede Menge Lektüre dazu und auch Fotos von Nessie, vieles davon im Internet, aber auch in Büchereien und Zeitungen. Wenn ihr nachlest, werdet ihr dort auf die Namen stoßen, die auch in dieser Geschichte vorkommen: der Arzt R.K. Wilson, der Großwildjäger Marmaduke Wetherell, der Zeuge A. Palmer und einige andere. Ich habe ihre Beiträge zur Legende um das Monster vom Loch Ness da und dort ein wenig verändert, um eine spannende Geschichte erzählen zu können.

Wenn euch der Roman neugierig gemacht hat, dann lest doch mal die realen Berichte über das Ungeheuer. Ich versichere euch, auch die echte Geschichte ist so spannend wie ein Abenteuerroman.

Aus rechtlichen Gründen musste ich übrigens auch bei einem Namen schummeln. Die Zeitung *Inverness Mirror* gibt es gar nicht. In Wahrheit heißt die Zeitung, in der damals der erste Artikel über ein »Monster« im Loch Ness erschien, *Inverness Courier*. Aber da es unklar war, ob die Zeitung, die auch heute noch erscheint, die Erlaubnis zur Benutzung ihres Namens gegeben hätte, bin ich auf den erfundenen Namen ausgewichen.

Vidocqs Trainingscamp für Nachwuchsdetektive

Möchtet ihr auch so fit werden wie die vier Freunde Franziska, Fynn, Lena und Cornelius? Dann trainiert auf den folgenden Seiten die Kategorien Wissen, Geografie, Mut, Humor und Spaß. So werdet ihr im nächsten Band garantiert als Erste das Rätsel knacken! Los geht's!

A. Cornelius hat sich ein paar Fragen für euch ausgedacht:
   Wie gut kennt ihr Loch Ness? Kreuzt die richtige Antwort an.

1. In welchem Land liegt der Loch Ness?
a) England
b) Schottland
c) Kanada

2. Wie heißt die berühmte Burgruine am Loch Ness?
a) Schloss Windsor
b) Schloss Neuschwanstein
c) Schloss Urquhart

3. Wie spricht man die Hauptstadt von Schottland (Edinburgh) aus?
a) Ädnbarrah
b) Ädnburg
c) Ednbörg

4. Wie sagen die Schotten zu einem jungen Mädchen?
a) Limey
b) Lackey
c) Lassie

5. Auf welcher Seite ist in einem schottischen Auto das Lenkrad?
a) rechts
b) in der Mitte
c) links

B. Ein guter Detektiv muss immer aufpassen, dass ihm kein wichtiger Hinweis entgeht. Testet hier, wie gut ihr beim Lesen aufgepasst habt. Lena will prüfen, ob ihr euch als Detektive eignet.

1. Welchen Beruf hat Marmaduke Wetherell?
a) Chirurg
b) Journalist
c) Großwildjäger

2. Wie heißt der Erfinder der Zeitmaschine?
a) Dr. Wilson
b) Edgar Hanselmann
c) Pierre Hanselmann

3. Wann kann Eugène Vidocq in Fynns und Franziskas Träume kommen?

a) Bei Vollmond

b) Bei Neumond

c) Zur Tag- und Nachtgleiche

4. Wie viel Geld wollte der Zirkusdirektor für das Monster zahlen?

a) 20.000 Euro

b) 20.000 Pfund

c) 100.000 Pfund

5. Warum funktioniert Cornelius' Handy nicht?

a) Akku leer

b) kein Mobilfunknetz

c) Handys gehen auf Zeitreisen kaputt

C. Möchtet ihr mehr über Eugène Vidocq wissen? Hier erfahrt ihr so einiges über sein Leben.

Eugène François Vidocq
23. Juli 1775; † 11. Mai 1857

Vidocq war ein französischer Krimineller und späterer Polizist. Sein abenteuerliches Leben inspirierte zahlreiche Schriftsteller dazu, Detektivfiguren zu erfinden und sie Vidocq ähnlich zu machen. Er war der Gründer und erste Direktor der Sûreté Nationale, der französischen Kriminalpolizei. Nach seinem Ausscheiden aus der Kriminalpolizei eröffnete er eine Privatdetektei, die wahrscheinlich die erste der Welt war. Deshalb wird er von Historikern heute als »Vater« der modernen Kriminalistik und der französischen Polizei betrachtet und gilt als erster Detektiv überhaupt.

Bevor Vidocq sich – aufgerüttelt durch die Hinrichtung eines Komplizen – der Polizeiarbeit verschrieb, führte er ein Leben als Soldat, Deserteur, Pirat, Betrüger, Fälscher und Dieb. Sooft er sich an ehrlicher Arbeit versuchte und ein Unternehmen aufzog, scheiterte er an seiner kriminellen Vergangenheit. Schließlich diente er als Polizeispitzel und Geheimagent für den Pariser Polizeichef. Dabei organisierte er eine Brigade aus zivilen Polizeiagenten, die Keimzelle der heutigen Sûreté, und entwickelte alle modernen Kriminalpolizei-Methoden: Undercover-Arbeit, zivile Dienstkleidung, Ballistik-Tests[1], Verbrecherkarteien, Spurensicherung und erste forensische[2] Methoden wie Fingerabdruckvergleiche.

Während seiner Zeit als Verbrecher eignete er sich Kenntnisse in der Kampftechnik Savate an, eine Art Kickboxen; in seiner Jugend galt er als fähiger Fechter. All diese Kenntnisse gab er bei der Ausbildung an seine Agenten weiter.

Viele zeitgenössische und spätere Schriftsteller fühlten sich von Vidocq inspiriert. So bildet er z.B. in Honoré de Balzacs Schriften das Vorbild für die Figur des Vautrin, der nach einer Verbrecherkarriere Polizist wird. Vautrin verwendet Vidocqs Methoden und Verkleidungen und wird am Ende wie er Chef der Pariser Kriminalpolizei.

In Victor Hugos berühmtem Roman *Les Misérables* sind die Charaktere sowohl Jean Valjeans als auch Inspektor Javerts dem echten Vidocq nachempfunden; ebenso der Polizist Jackal aus *Les Mohicans de Paris* von Alexandre Dumas. Er war auch die Grund-

---

[1] Kriminaltechniker mit dem Schwerpunkt Ballistik berechnen mittels Computer exakt die Flugbahn einer Kugel. Die Ballistik befasst sich also mit der Aufklärung von Verbrechen, die mit Schusswaffen begangen werden.

[2] Forensik ist ein Sammelbegriff für alle Arbeitsgebiete, in denen z.B. kriminelle Handlungen untersucht werden. Die Ballistik ist ein Teilgebiet der Forensik, ebenso wie zum Beispiel der Vergleich von Fingerabdrücken oder sonstigen Spuren, die am Tatort zu finden sind.

lage für Rodolphe de Gerolstein, der in den Zeitungsromanen von Eugène Sue allwöchentlich für Gerechtigkeit sorgte. Selbst in der Kurzgeschichte *Der Doppelmord in der Rue Morgue* von Edgar Allan Poe, die als das Werk angesehen wird, welches die Kriminalliteratur begründet, taucht ein Vidocq ähnlicher Detektiv auf. Und auch die sehr bekannten späteren literarischen Detektive wie Sherlock Holmes oder Hercule Poirot zehren von der Inspiration durch den wahren Vidocq.

D. Vergleicht die beiden Bilder und findet den Fehler auf Bild 2

E. Franziska hat sich ein Kreuzworträtsel ausgedacht.

Einfach unten die Fragen beantworten und in das Rätsel eintragen, dann erfahrt ihr das Lösungswort.

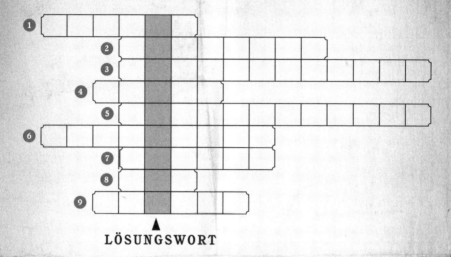

▲
LÖSUNGSWORT

1. Wie heißt der Gründer der französischen Kriminalpolizei und erste Detektiv der Welt?

2. Wie heißt der See in unserer Geschichte?

3. In welchem Wagen verstecken sich Vidocq und die Kinder vor dem Krankenhaus?

4. Welches Gerät hat bei Zeitreisen in der Regel keinen Empfang?

5. Mit welchem Apparat kann man Zeitreisen unternehmen?

6. Welches Boot fährt mit Windkraft?

7. Wie heißt die Zeitung aus Inverness?

8. Wie nennt man eine Kneipe in Schottland?

9. Wie heißt das »Monster« aus unserer Geschichte?

F. Die Geheimbotschaft der vier Freunde

Im nächsten Band wird´s noch spannender. Die Kinder entwickeln eine geheime Zeichensprache, die keiner außer ihnen kennt. Dabei steht jedes Symbol für einen anderen Buchstaben.

Wenn ihr euch die Buchstaben eingeprägt habt, schreibt folgende Wörter in der Geheimsprache auf:

1. Fahrrad
2. Zeitmaschine
3. Zeitung
4. Burg
5. Loch Ness
6. Bridgend Pub

G. Vidocq sieht heute irgendwie doppelt. Wie viele Nessies sind es?

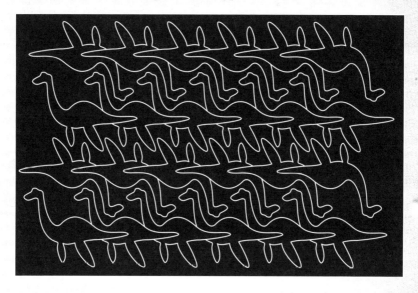

I. Lena möchte Vidocq mit einigen Scherzrätseln ärgern.
Der große Detektiv zerbricht sich zuerst den Kopf, doch dann lacht er auf einmal los. Lena hätte nicht gedacht, dass Vidocq so schnell darauf kommt. Schafft ihr das auch?

1. Was passiert mit einem weißen Stein, der in den Loch Ness geworfen wird?
2. Was war am 6.12.1934 in München?
3. Wer beherrscht alle Sprachen der Welt?

Die Lösungen findet ihr hier:

I. 1. Er wird nass. Was denn sonst? 2. Nikolaustag 3. Das Echo

G. Es sind 24 Nessies.

6. Bridgend Pub ⬜☹◠ ⌇⟟⌖♆⟟⌰

5. Loch Ness ◇⌖◉⟟⌰ ⌰♆⟟∘∘∘∘

4. Burg ⬜⊙△⌖

3. Zeitung ⌂⌖♆⟟⊙⌰⟟⌖

2. Zeitmaschine ⌂⌖♆⟟⊙∘∘△⟟⌖⊙♆⟟⌰⟟

F. 1. Fahrrad ⌖△△⊙△⟟

Lösungswort: CORNELIUS

E. 1. Videq 2. Loch Ness 3. Krankenwagen 4. Handy 5. Zeitmaschine 6. Segelboot 7. Mirror 8. Pub 9. Nessie

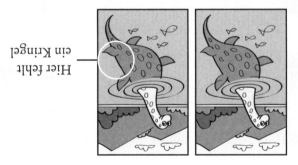

Hier fehlt ein Kringel

D.

B. 1c), 2c), 3b), 4b), 5b)

A. 1b), 2c), 3a), 4c), 5a)

Originalausgabe

Dieses Werk wurde vermittelt durch die Literarische Agentur Thomas Schlück GmbH, 30827 Garbsen

Copyright © 2015 by Bastei Lübbe AG, Köln

Text- und Bildredaktion: Anna Hahn
Umschlaggestaltung: © Johannes Wiebel, punchdesign, München unter Verwendung einer Illustration von Max Meinzold
Satz und Innenillustrationen: Götz Rohloff, Die Buchmacher, Köln
Gesetzt aus der Fabiol
Druck und Einband: CPI books GmbH, Leck-Germany

Printed in Germany
ISBN 978-3-8339-3925-9

5   4   3   2

Sie finden uns im Internet unter www.baumhaus-verlag.de
Bitte beachten Sie auch www.luebbe.de

Ein verlagsneues Buch kostet in Deutschland und Österreich jeweils überall dasselbe. Damit die kulturelle Vielfalt erhalten und für die Leser bezahlbar bleibt, gibt es die gesetzliche Buchpreisbindung. Ob im Internet, in der Großbuchhandlung, beim lokalen Buchhändler, im Dorf oder in der Großstadt – überall bekommen Sie Ihre verlagsneuen Bücher zum selben Preis.

So züchtest du dein eigenes Ungeheuer

Triops-Welt - Mit diesem Experimentierkasten kannst du die großen Verwandten der Salzkrebschen züchten und hautnah dabei sein, wenn sie beim Heranwachsen ihre Panzer wechseln und im Sand Eier legen.

Triops-Welt | ab 9 Jahre

Film ab!

Wusstest du, dass Triopse...

› als die älteste bekannte noch lebende Tierart gelten?

› sie bis zu 6 cm groß werden?

› mit den Beinen Atmen und drei Augen haben?

Viele weitere spannende Experimentierkästen findest du auf kosmos.de

Yoda ist der neue Star der Schule!

Tom Angleberger
YODA ICH BIN! ALLES
ICH WEISS!
Band 1
Ein Origami-Yoda-Roman
Aus dem amerikanischen
Englisch von
Collin McMahon
160 Seiten
mit zahlreichen
Abbildungen
ISBN 978-3-8339-3790-3

Eigentlich ist Dwight ein totaler Loser. Seine Klassenkameraden finden ihn ziemlich seltsam und halten ihn für einen Spinner. Doch eines Tages ändert sich das. Dwight gibt plötzlich verblüffend gute Ratschläge mit einer Fingerpuppe aus Papier, die aussieht wie Yoda. Dieser Yoda sagt die Zukunft voraus, rettet vor üblen Peinlichkeiten und gibt die richtigen Tipps zum Umgang mit Mädchen. Auf einmal glauben manche in der Schule an Origami-Yoda, andere jedoch meinen, es sei nur ein Stück Papier. Bald ist klar: Wer die Puppe hat, hat die Macht. Und einer, Tommy nämlich, will die ganze Wahrheit herausfinden ...

Mit Bastelanleitung für dein Yoda-Orakel

Baumhaus

Wenn Comicfiguren plötzlich lebendig werden

Jens Baumeister
JONAS' GROSSES
COMIC-CHAOS
mit zahlreichen
Abbildungen
ISBN 978-3-8339-0356-4

Jonas zeichnet für sein Leben gern – am liebsten Comicfiguren: Captain Flint, den furchtlosen Weltraumfahrer, Sir Iron, den tapferen Ritter, und Galactic Man, den stärksten Superhelden der Welt. Doch eines Tages passiert etwas Unglaubliches: Während einer Sonnenfinsternis gibt es einen lauten Knall und Jonas' Zeichenheft fällt vom Tisch. Als er es wieder aufschlägt, sind die Comicfiguren verschwunden!
Wenig später tauchen in Jonas' Schulbüchern mysteriöse Nachrichten auf. Jonas ahnt, dass für dieses Chaos nur seine Zeichnungen verantwortlich sein können ... Ab November 2015 im Handel

Baumhaus